언더고잉

언더고잉

© 김민주

1판 1쇄 발행 | 2023년 11월 30일

지은이 | 김민주
펴낸이 | 정홍수
편집 | 김현숙 이명주
펴낸곳 | (주)도서출판 강
출판등록 | 2000년 8월 9일(제2000-185호)

주소 | 서울시 마포구 동교로17안길 21 (우 04002)
전화 | 02-325-9566
팩시밀리 | 02-325-8486
전자우편 | gangpub@hanmail.net

값 14,000원
ISBN 978-89-8218-330-0   03810

* 이 도서는 한국출판문화산업진흥원의 '2023년 우수출판콘텐츠 제작 지원' 사업 선정작입니다.

김민주 소설집

언더고잉

강

차 례

언더고잉 _ 7

라임 나무가 되어 _ 41

벌레의 시간 _ 67

버터플라이 허그 _ 99

특별한 만찬 _ 125

화살이 누운 자리 _ 149

날숨 _ 175

봄의 제단 _ 203

해설 윤리적 주체와 카이로스 시간 | 이덕화 _ 230

작가의 말 _ 249

수록 작품 발표 지면 _ 252

언더고잉

출근 시간의 다리 위는 늘 차들로 혼잡하다. 시선을 강 쪽으로 돌린다. 익숙한 풍경의 다리 난간이 눈에 들어온다. 십 년 전에도 이 다리를 건넜다. 강기슭에 내 박탈감을 자극하던 타워와 초고층 아파트들이 들어서기 시작하던 때였다. 이 다리의 시작점에 지유가 있었고, 이 다리의 끝에 링고가 있었다. 지금 링고의 카메라는 무엇을 찍고 있으며, 지유는 어릴 적 소원이었던 스타의 매니저가 되어 있을까.

그때 나는 다리 위를 질주하는 자동차 소리를 뒤로하고 난간을 짚고 서 있었다. 난간 아래를 내려다보면, 품 안에 든 모든 것을 편안하게 감싸줄 강물이 무연히 흐르고 있었고, 짙은 암녹색 물빛이 깊이를 숨기고 있었다. 가뿐하게 날아오르고 싶었다. 이제 더는 팥빙수를 먹지 못하겠지. 겨우 그런 생각을 했던가. 이제 더는 콘서트에 갈 수도 없겠지. 내가 있든 없든, 타워의 불빛은 여전히 반짝일 테고, 대교의 야간 분수도 더 화려해질 테지. 한때 내 우울함을 달래주던 로제떡볶이의 부드러움과 불닭볶음면의 매콤함, 우유빙수의 고소함은 모두 사라지겠지. 골목길에서 로드킬 당한 고양이를 보지 않아도 되는 건 좋지만, 말랑말랑한 털을 못 만지는 건 아쉬울 것 같았다. 천국이든 지옥이든 따뜻하고 말랑말랑한 게 필요한 때였다.

지유는 나를 관종이라고 놀렸다. 관종이 되고 싶어 거기 서 있었던 것은 아니었다. 학교에서 친구들과 방과 후에 먹을 간식을 상상하고 있을 시간이었다. 그때 나는 만들어지다가 폭발해버린 위성이었다. 가능성은 품었으나 완성되지 않은 고철 덩어리. 실패자.

고등학교에 입학하면서부터 내 창조주의 대리인인 엄마는 내가 성인이 된 것처럼 말했다.

"이제 네 학원비는 네가 책임져라. 이 나이에 내가 아직도 일해야 하냐?"

엄마는 저녁에 돌아오자마자 책상에 앉아 숙제하고 있던 내 등짝을 후려쳤다. 샤프심이 부러져 튕겨 나갔다.

"엄마 나이가 어때서?"

"밑 빠진 독에 물 붓는 것 같아."

엄마에게 미안한 마음이 안 드는 건 아니었다. 성적도 지지부진하던 때였다. 며칠 후, 알바를 구했다. 엄마는 내가 근사한 알바를 구하기를 원했나 보았다. 홈쇼핑 피팅 모델을 하겠다고 하니 내 창조주인지 대리인인지는 내 머리부터 쥐어박았다.

"미친년아, 돈만 주면 다 할 거니? 그건 창녀나 마찬가지야."

미친년, 창조주가 나를 부르는 공식 명칭이 등장했다는 건 화가 났다는 뜻이었다.

"어떻게 그게 창녀야. 비교를 해도 어떻게…… 그것도 어엿한 직업이야."

내 말에 엄마는 혀를 차며 등짝 싸대기를 한 번 더 날렸다.

"니 몸뚱아리 갖고 하는 일이 고상하고 귀한 일이라고 생각하냐?"

엄마가 폭발할 때면 나는 '저 여자는 누구지? 여긴 어디? 나는 누구?' 하며, 생각이 안드로메다로 날아가곤 했다.

"어쩌면 너 하는 짓이 옆집 지유랑 똑같냐? 한심하기는……"

엄마가 옆집 지유와 비교하면 쓰레기통 속의 쥐새끼에서 다시 인간으로 돌아온 기분이었다. 하루하루 그냥 살았다. 아침에 일어나서 보고 싶은 사람도 없었고, 생각나는 사람도 없었다. 다리 위는 유일하게 나를 위로하는 장소였다. 흘러가는 물이 바다로 들어가는 상상을 했다. 얼른 독립해서 이 도시를 떠나리라. 다시는 이 강물을 보지 않으리라. 그런 다짐 후에야 다시 집으로 돌아갈 수 있었다.

그날도 내가 K의 공개방송 무대를, 그 새벽에, 보러 갈 거라고는 상상도 못 했다. 지유는 며칠 동안 들떠있었다.

"드디어 지상파 음악방송의 꽃이라는 프로그램에 K가 출연하는 거야."

나는 태생적으로 게으른 사람이었고, 누군가에 집착하는 사람도 아니었고, 누군가를 열렬히 좋아해본 적이 없었고, 방송국에서 밤새는 아이들을 이해하지 못했다. K의 팬 사이트에 가입한 것은 순전히 한 명이라도 팬을 더 확보하려는 지유의 강력한 '팬심' 때문이었다.

새벽부터 팬 커뮤니티는 축제 분위기였고, 게시물이 단톡방만큼 빠르게 올라오고 있었다. 댓글은 그보다 더 풍성했다. '나 지금 기차 타고 가고 있어. 서울 사는 친구들 부럽네.' '나도 첫차 타고 올라가는 중.' '다들 방청권 티켓팅 성공했구나.' 모두 방송을 직접 보러 가는 아이들을 응원하고 부러워했다.

'성공은 무슨…… 나, 티켓 없어. 혹시 노쇼 자리 생길까 해서 가는 거야.' 누군가 댓글을 달았다. '그러다 자리 없으면 어떡해?' 그 글에 다시 댓글이 달렸다. '그러면 파파이스에서 치킨버거 먹으면서 퇴근길 기다려야지.' 그러자 누군가 그의 댓글 아래 파파이스 기프티콘을 올렸다. '혹시 노쇼 없으면 가서 먹어.' 그 아래 댓글이 다시 달렸다. '오, 훈훈한데……'

댓글은 이어졌다.

팬클럽의 그런 열정이 부럽기는 했지만, 왠지 이들에게서도 한발 떨어져 바라보기만 했고, 그들과 한 몸이 되지 못하는 내가 더 싫었다. 그날은 새벽에 PC방에서 나왔다. 갈 데가 없었다. 그동안 차곡차곡 모아놓았던 약들이 가방 속에 들어 있었다. 막상 나오긴 했지만, 그 새벽 갈 곳이 없었다.

전날 조례 시간이었다. 담임이 내 이름을 불렀다.

"지난번 백일장 시상식 있다고 했지. 주연이가 금상이야. 내일 시상식 있을 거야."

아이들은 소리를 지르며 축하해주었다.

"이번 상은 대학교 가는 데도 도움 될 거야. 예술대학교 특기생이나 장학생 선발에도 좋은 점수를 받을 수 있을 테고. 축하한다, 주연아. 시상식은 강당에서 있을 거야."

1교시 시작하기 전에 얼른 그 소식을 엄마에게 알리고 싶었다. 그때만큼은 칭찬에 인색한 엄마라도 축하해줄 줄 알았다. 어릴 때부터 엄마의 칭찬을 들어본 적이 없었다. 잘하는 게 없어서라는 건 안다. 그래도 서운했다. 아무리 생각해봐도 엄마가 나를 향해 웃는 모습을 본 기억이 나지 않았다. 사진 속에서 엄마는 웃기도 했다. 엄마의 시선이 향한 곳은 내가 아니라 언니였다. 언니는 이제 이 세상에 없다. 땅에서 사랑받는 사람은 하늘에서도 사랑받는 모양이다. 엄마의 외사랑이 부담스러워 일찌감치 천국으로 도망가버린 언니를 대신

해서 엄마를 웃게 해주고 싶었다. 좀처럼 그런 기회가 오지 않았는데 드디어 1등이라니. 신도 나를 버린 것은 아니었다. 1등은, 내 글이 다른 사람의 마음에 흔적을 남겼고, 누구보다 다른 사람의 눈에 들었고, 그만큼 노력했다는 증거다. 이 증거 앞에서 엄마는 나를 인정해줄 것이다. 드디어 나도 잘하는 게 생겼고, 칭찬받을 게 생겼다. 나를 향해 그 인색했던 웃음을 보여줄 차례다. 그런 생각을 하며, 부푼 마음을 안고 전화를 했다.

"바쁜데 왜 아침부터 전화하고 지랄이냐?"

혼자 딸을 키워야 하는 엄마의 독기는 여전했다. 그래야 살아남을 수 있다고 이해했다.

"엄마, 나 상 받았어."

"알았다. 끊어."

가슴에 묵직한 것이 훅 올라왔다.

"엄마 나 상 받았다고……"

대답이 없었다. 전화기에서 뚜뚜 익숙한 신호음만 울렸다. 머릿속이 새까매졌다. 그러면 그렇지. 세상 엄마가 다 교과서에 나오는 모성을 가졌다고 생각한 내가 잘못이었다. 엄마의 고단해 보이는 등을 보고 쓴 시였다. 읽어드리고 싶었다. 기억에도 희미한 언니의 빈자리를 내가 메꿀 수는 없지만 그래도 엄마에게 듬직한 딸이 되고 싶은 마음으로 그 시를 썼다. 엄마가 기대고 싶은 딸이 되고 싶었다. 다시 전화를 걸었다.

전화벨이 오래 울렸다. 역시 바쁜 엄마였다. 엄마가 전화를 받자마자 소리를 질렀다.

"엄마 나 상 받았다고."

"도대체 무슨 상이길래 이 난리냐?"

"백일장에서 금상 받았어. 도내 백일장 금상. 골드메달, 1등이라고. 내가 엄마 생각하면서 썼어. 무슨 내용인지 궁금하지?"

엄마가 전화를 끊기 전에 말하기 위해 숨도 못 쉬고 말했다.

"그래서, 상금은?"

"그게 상금이 어딨어. 대학 가는 데 유리한 스펙인 거지."

"메달은 진짜 금이야?"

"아, 몰라, 엄마는 그게 중요해?"

"넌 그게 먹고사는 것만큼 중하냐, 그것 때문에 바쁜 사람 부르냐, 망할 년."

"엄마는 내가 뭘 썼는지 안 궁금해?"

"그렇게 궁금해했다가 돈은 언제 버냐? 세상 물정 모르는 년."

그날 편의점에서도 늦게 끝났다. 교대 시간이 지났지만, 다음 타임이었던 사장의 조카는 오지 않았다. 결국 사장이 나올 때까지 기다렸다. 힘들었지만 집으로 돌아가기는 싫었다. 엄마 역시 힘들다는 걸 안다. 혼자서 함바집 하면서 딸 키우는 게 쉬운 일은 아닐 것이다. 그래도 그날은 최악이었다. 이제껏 참았던 설움이 폭발했다. 골목에서 로드킬 당한 고양이를 보았다. 날마다 노인네 지팡이 세례를 받는 대신 하늘 위에서, 아웅다웅 살고 있는 인간들을 한심하다는 눈으로 내려다보고 있을 것이다. 그 고양이가 인간에게 핍박받은 모든 기억은 사라질 것이다. 나도 고양이 새끼처럼 자유롭게 살면 안 되는 걸까? 설사 로드킬을 당하는 한이 있어도 사는 동안은 살아 있는 것처럼 살고 싶었다. 짧은 시간이지만 자유롭게 세상을 희롱하고 간 것이 아닌가. 거기에 비하면 내 현실은, 보잘것없는 우리에 갇힌 힘없는 인생이었다. 이게 끝은 아니잖아, 하는 생각은 잠시뿐이었다. 내 인생이 어떻게 되건, 나를 세상으로 이끈 내 창조주에게 사랑받는 일은, 천지가 개벽해도 일어나지 않을 일이었다.

집에 돌아가자마자 엄마에게 시비를 걸었다.

"엄마는 내 가능성 같은 건 못 봐?"

"싹수가 노랗다."

"싹수가 자라서 노랗게 말라 죽을지, 열매를 매단 튼튼한 나무가 될지 어떻게 알아? 내가 얼마나 큰 나무가 될지 아무도 몰라. 그런데 엄마만 날 무시해."

"먹지도 못할 열매가 달릴 나무를 키우고 있는지도 모르지. 멀리 보지 말고 지금 네 앞가림이나 잘해."

그날 엄마의 뾰족하고 명중률 좋은 독화살은 내 심장에 큰 스크래치를 내었다. 내상은 컸고, 그것을 숨기고 싶었다. 나를 아무도 모르는 옆 동네의 PC방에서 밤을 샜다. 아무도 궁금해하지 않는 삶이 어떤 의미가 있을까. 세상에 아무도 나를 궁금해하지 않는다면 정말 내가 살아 있다고 말할 수 있을까. 그런 생각을 했다.

다음 날, 다리 위를 지날 때 핸드폰이 부르르 몸을 떨었다. 엄마의 전화인가 얼른 확인했으나…… 지유의 전화였다. 전화기를 껐다. 미친년, 망할 년, 속사포처럼 쏟아지는 바늘, 못, 칼, 송곳, 표창이 차례대로 살을 뚫고 마지막으로 심장을 찔렀다. 내 창조주가 그동안 던졌던 잔소리가 마지막 장송곡처럼 리플레이되었다. 마지막으로 친구들이 개사하여 부르던 생일 축하곡도 떠올랐다. '왜태어났니, 왜태어났니, 어차피죽을거, 왜태어났니. 다시들어가, 다시들어가, 엄마뱃속으로 다시들어가.' 2절까지 혼자서 읊조리고 나니 정말 구질구질한 삶을 다 끝낼 수 있을 것만 같았다. 내가 죽어도 눈도 깜짝 안할 인간이 바로 나를 낳고 기른 내 창조주라는 생각이 들자 마음은 더 굳었다. 드디어 세상을 끝장낼 때였다.

귀가 먹먹해오면서 강물이 따뜻하게 일렁이며 유혹했다. 쓰레기, 똥물, 이산화탄소, 사스, 브라질 독감, 박쥐 똥구멍처럼, 살아 있는 게 민폐가 되는 삶을 끝내는 게 세상을 청소해주는 게 아닐까? 인간은 살아 있는 자체가 자연에 해가 된다. 나 역시 인간이고, 마지막으로 자연에라도 도움 되는 인간이 되어야 했다. 어딘가에 마지막 메시지를 남기고 싶어 핸드폰을 켰다. 팬 커뮤니티에 들어가자 다급한 게시물이 연이어 올라와 있었다. '야, 너희들 뭐 해. 몇 명이 노쇼를 했어. 빨리 튀어 와.' 현장의 긴박감이 전해지는 운영진의 글이었다. '삼십 분 후에 출석 부를 거야. 그때까지 누구든 빨리 와야 돼.' 다른 아이들의 글이 댓글로 달렸다. '미친 것들. 오지도 못할 거면서 왜 남의 자리까지 뺏어.' '방송국 근처 있는 애들 빨리 와! 제발, 제발!'

다리만 건너면 방송국이었다. 지하철로 한 정거장만 가면 당도하는 곳이었다. 나를 필요로 하는 곳이 있다니…… 담임은 한쪽 문이 닫히면 다른 쪽 문이 열린다고 했는데 이런 경우를 말하는 걸까? 하늘을 보았다. 해는 머리 위로 떠오르고 있었다. 어쩌면 내일 다시 볼 수 있을지 없을지 모를 태양이었다. 갑자기 태양이 따뜻하게 나를 비췄다. 세상은 이성적으로 돌아가지 않았다. 몇 초 전의 내가 진짜 나였는지 모르게 심장이 뛰고 있었다. 운이 좋게도 그날 하루를 더 살게 되면서, 그로부터 십 년 후에도 나는 그 강물을 보며 다리를 건너고 있다.

그날은 링고를 두번째로 만났던 날이기도 했다. 방송국은 처음이라 어리둥절해 있을 때 보라색 띠를 두르고 있던 연합 서포터즈의 자원봉사자가 내 팔을 끌었다. K의 표식인 보라색 배지가 내 컨버스 가방에도 달려 있었다. 지유가 팬클럽 가입 선물이라고 가방에 직접 달아주었다.

"너 여기 처음이구나. 이 번호표 들고 이쪽으로 와. 여기서 절대로 자리 뜨면 안 돼. 화장실도 안 돼. 줄 이탈했다가 중간 출석 체크 때 없으면 바로 대기로 나가야 해. 알았지?"

친절한 봉사자의 말에 우물쭈물, 대기 줄에 가 섰다. 자로 잰 듯 4열 종대로 선 아이들은 계란판 속의 계란처럼 빼곡히 앉아서 조용히 기다렸다. 나와 비슷한 또래들이 긴장과 흥분을 담은 눈으로 주변을 둘러보고 있었다. 커뮤니티의 팬들은 여느 십대들처럼 수다를 떨고, 싸우기도 하고, 때로는 욕설이 오가기도 했다. 그런데 거기 모인 침착하고 조용한 아이들이 그 십대들이라는 게 믿어지지 않았다. 소심한 아이들만 모였나 싶을 정도로, 선착순 번호표를 받은 후에는 자신의 줄에서 이탈하지 않고, 침묵 속에서 기다리고 있었다. 한참을 기다렸다. 내가 왜 여기서 이러고 있지? 돌아갈까 하는 마음이 머리 끝까지 올라갈 즈음 우리는 번호표를 들고 입장했다. 그때 링고를 발견했다. 그 아이의 휠체어는 어디에서나 시선을 끌었다. 녹화장 입구에서 링고는 방송국 직원과 실랑이를 벌이고 있었다. 지유와 함께 간 팬아트 전시회에서 링고를 본 기억이 났다.

K의 생일을 기념하여 팬들이 여는 전시회였다. 휠체어를 타고 온 팬이 혼자서 카페를 둘러보고 있었다. 진지한 눈빛과 주변의 시선을 두려워하지 않고 몰입하는 모습에서 아우라가

풍겨왔다. 가방 정면에 얼굴만 한 연두색 사과가 그려진 에코백을 무릎 위로 껴안고 있었다. 그림 아래 '青いりんご'라고 적혀 있었다. 나중에 파파고에 확인해보니 '푸른 사과'를 뜻하는 아오이 링고였다.

무엇이 사람들을 사로잡을까. 휠체어를 끌고 여기까지 온 힘은 무엇일까. 나는 지유가 그림들을 설명하는 사이 그 아이를 유심히 보았다. 휠체어는 K의 얼굴이 스케치 된 그림 앞에서 한참을 머물렀다. 가방 속에서 꺼낸 큰 카메라로 몇 컷을 담기도 했다. 그 옆에는 유화와 일러스트 작품이 차례대로 전시되어 있었고, 휠체어는 그 앞에서도 몇 분씩 머물다 사진을 찍고 조용히 떠났다. 불온하지 않은 열기와 순수한 정염 같은 것을 보았다. 기이한 호기심이 뻗치기 시작했다. '도대체 왜?' 호기심과 함께 지유에 대한 미안함이 일었다.

"미안하다, 지유야. 난 네가 이렇게 외로워하는지 몰랐어."

내 말에 지유는 어이없다는 듯 보았다.

"난 외롭지 않아. 무슨 소리야?"

지유는 대꾸했다. 그즈음 지유는 학교의 여왕벌 패밀리로부터 갈굼이 심해져 학교에 몇 번 결석한 적이 있었다. 그 스트레스를 콘서트에 다니는 것으로 풀었다. 용광로처럼 발산하지 못한 애정을 폭풍처럼 K에게 퍼붓고 있었다. 나쁘든 좋든 그 에너지는 지유가 살아 있다고 증명해주는 유일한 것이었다. K를 만난다는 기쁨으로 흥분한 지유는, 총이 있었다면 밤하늘의 별의 숫자만큼 난사하고 말았을 것이다.

그때까지만 해도 지유의 슈퍼스타가 내 슈스가 될 줄은 몰랐다. 내 단짝 지유가 좋아하는 사람이, 열광하는 사람이 누구인지 알아봐야 했다. 혹시 사이비 교주 같은 인물로 광신도들을 농락하는 인물이라면 과감히 그 지옥에서 지유를 구해 내야 했다.

"뭐가 그렇게 좋아?"

나는 팬아트 전시회에서 돌아오는 길에 지유에게 물었다.

"좋아하는 걸 말로 설명할 수 없지만 말하자면 내가 나로 인정받은 기분이랄까?"

나는 인정할 수 없었다.

"우리가 이런 데 빠지는 건 유치하잖아."

"꼰대."

"날 보고 하는 소리야?"

"남의 기분 무시하고 내 의견이 맞다고 우기면 꼰대지."

"널 위해서 하는 소리야. 우리가 지금 이런 데 시간 뺏기면서 살아남을 수 있는 때가 아니지. 이렇게 시간을 죽이는 거였으면 진즉에 말렸을 거야."

"넌 몰라."

지유는 오히려 한심하다는 듯 나를 보았던가.

링고는 당당히 팬덤에서 부여한 출석번호표를 방송국 보조요원에게 내밀었다. 녹화장 문 앞에서 표 검사를 하던 직원은 잠시 고민하더니, 링고의 입장을 안전 문제로 거부했다. 우리 또래의 단발머리 링고는 당찬 얼굴로 직원에게 무슨 말인가를 또박또박 이어가고 있었다. 한참 실랑이를 하던 직원은 할 수 없다는 듯이 입구에 줄 서 있던 아이들을 향해 메가폰을 들었다.

"누가 좀 도와줘요."

나는 그 말을 듣자마자 앞으로 뛰어나갔다. 나를 필요로 하는 곳이 바로 내가 있을 곳이었다.

"방청석 제일 위에 이 친구를 보내주세요."

그 말에 나는 중요한 의전을 치르는 것처럼 숭고한 마음으로 휠체어 손잡이를 잡았다. 슬로건을 어깨에 두른 팬 커뮤니티의 봉사자와 함께 링고의 휠체어를 끌고, 방청석 가장자리로 직원을 따라 올라갔을 때, 내가 대단한 일을 하는 사람처럼 느껴졌다. 다른 봉사자의 얼굴도 발그레하게 물들었다.

"잘하고 와."

오늘 처음 본 그 봉사자는 내 등을 두드렸다.

"넌 왜? 너도 방청권 있지 않아?"

내 물음에 그는 아쉬운 마음을 숨기고 설명해주었다.

"난 아까 점호 보느라 자리를 이탈했잖아. 그래서 탈락됐어. 어쨌든 규칙은 규칙이니까."

처음 들어가본 녹화장은 고요했다. 우리가 맡은 좌석은 100석이었다. 다른 팬덤이 차지하는 자리도 비슷했다. 우리는 방송국 보조 진행자의 말에 일사불란하게 움직였다. 새벽부터 봉사자가 당부를 하고 나선 이유가 있었다. 장문의 게시글에는 당부의 말이 빼곡했다. '너희들, 오늘 진짜 잘해야 돼. 공개방송 녹화하고 난 후에 생방송 따로 내보내거든. 사전 녹화 때가 정말 중요해. 방송국에서 요구하지 않는 것은 절대로 하면 안 돼. 카메라, 녹음기, 슬로건, 응원 도구 같은 거 걸리면 퇴장이야. 있어도 가방 속에서 꺼내면 안 돼. 여긴 콘서트가 아니야. 소란 일으키며 사진 찍거나, 떠들거나 해서 잘리면, 자리마저 빼앗겨. 그 사람만 퇴장하는 게 아니라, 잘못하면 응원하는 팬덤까지 모두 다시는 그 방송국에 발을 못 붙이게 돼. 실제로 그런 악성 팬 때문에 한 팬덤이 모두 퇴장당한 일이 있어. 그러면 내 슈스는 아무런 응원도 받지 못하고 다른 팬덤들 사이에서 외롭게 결전을 치러야 해. 그건 엄격한 심사위원들 앞에서 혼자 시험을 보는 것과 같아. 응원해주는 팬이 아무도 없는 빈 객석을 보고 혼자 춤추며 노래 불러야 하는 거 생각만 해도 끔찍하지 않아? 방송국이 갑이야. 가수가 즐기지 못하면 관객도, 시청자도 즐기지 못해. 그러면 망하는 거야. 그러지 않으려면 방송국 사람은 무조건 갑이라고 생각하고, 그들의 말을 철칙처럼 따라야 해.'

　누군가의 긴 게시물 아래 응원의 글들이 올라왔다. 또 다른 봉사자가 댓글을 달았다. '다 알겠지만, 사전 녹화는 가수 얼굴 보러 가는 곳이 아니야. 응원하러 가는 거야. 땅 치고 후회하고 싶지 않으면 말 잘 들어. 가서 조용히 할 자신 없으면 공갈 젖꼭지라도 물어. 경호원들이랑 싸우는 건 가수를 쫓아내는 거야. 앞에서도 말했지만 방송국이 갑이고 우린 을이야. 그리고 새벽에 가는 애들 추우니까 방석, 핫팩, 초콜릿 필수다.' 아이들은 그의 말을 성경 구절처럼 새겼다.

방송국 무대는 콘서트장과는 비교할 수도 없이 좁아서 가수의 일거수일투족은 물론 표정 변화까지 볼 수 있었다. 피켓을 든 팬도 있었지만, 뒷사람을 가리면 안 된다는 보조요원의 말에 팬들은 피켓을 가슴에 모아 쥐었다. 불안감과 설렘이 가득하지만, 그것을 숨기기에는 아직도 어린 나이였다. 자신이 좋아하는 스타가 실체 없는 허상이 아닐까 두려워하면서, 자신의 눈앞에 등장하는 시간을 이제나저제나 가슴 뛰게 기다리고 있었다. 한 사람을 향한 열망에는 숭고한 울림이 있었다. 진심이 쌓이고 쌓여서 이루어진 거대한 무형의 탑이 머릿속에 그려졌다.

녹화가 거의 끝나갈 즈음이 되어서야 진행자가 K의 이름을 큰 소리로 호명했다. 화려하게 복귀 무대의 막이 올라가고 전주가 나왔을 때, 우리는 그를 위해 준비된 응원 구호를 외쳤다. 화려한 플래시를 받는 사람이 K가 아니라 우리 같았다. 짜릿한 전율이 팔을 훑고 지나갔다. 화려한 은빛 비늘이 한 번에 쫙 펴져 하늘을 향해 빛을 내는 것 같았다. 일사불란한 목소리와 한 사람을 향한 애정과 열기를 가득 담은 떼창은 생각지도 못한 카타르시스를 동반했다. 한꺼번에 같은 음을, 같은 톤으로, 같은 리듬으로 내는 소리에 온 우주의 힘이 피뢰침 끝에 모인 것 같은 응집력을 만들어냈다. 긴장과 전율이 온몸을 관통했다. 살아 있다는 것이 이런 건가. 지유와 링고가 얻고자 했던 것이 그것이었을까.

K가 무대 위에서 눈물을 흘렸다. 내 눈에서도 같이 눈물이 흘렀다. 그가 복귀하기까지 거쳐야 했던 어두운 터널과, 내가 맞닥뜨리고 있는 어둡고 긴 현실이 오버랩되었다. 눈물의 의미는 달랐겠지만, 가슴속에 뭉친 것들이 풀려나오는 것을 느낄 수 있었다. '너, 정말 멋지구나. 나는 너를 사랑하고, 너를 응원해.' 처음 본 K를 사랑한다는 것이 우스꽝스럽지만 당시에는 그 뜨거운 감정을 사랑이라는 말 이외로는 설명할 수 없었다. 무대가 끝났을 때 빨갛게 상기된 표정의 K를 보며 우리는 각자 자신만의 슈퍼스타를 기억 속에 담았다.

방송국 앞에서 아이들이 다 사라지고 난 후에도 자리를 뜰 수 없었다. 그날의 여운을 그대로 놔두고 돌아서기가 싫었다. 나 같은 아이가 또 있었다. 링고였다. 무릎에 있는 연두색 사과 에코백이 먼저 눈에 들어왔다. 휠체어에 앉은 링고는 K가 사라진 쪽을 물끄러미 바라보고 있었다. 내가 옆에 서자 나를 돌아보더니 누군지 알겠다는 듯이 말했다.

"아까 고마웠어."

링고의 말에 나는 쑥스럽다는 듯 물었다.

"오는 데 힘들지 않았어?"

"방송국 출입 경사로 때문에 팔 빠지는 줄 알았어. 우린 아직도 소수야."

"그래도 대단하다. 어떻게 여기 올 생각을 다 했어?"

링고는 활짝 웃었다.

"나의 유일한 즐거움이니까."

"난 여기 처음이야. 또 다른 세상을 본 것 같아."

"처음엔 다 그렇게 시작하는 거야."

링고의 말에 자신감이 묻어 있었다.

"혼자서 대단하다, 너."

"아냐, 내가 아프다는 게 핑계가 돼서 좋아. 이러면 내가 죽고 싶다는 말을 안 하거든. 그럼 다 봐줘. 살아만 있어 준다면 내가 무슨 짓을 해도 다 봐주니 편한 것도 있어."

나는 살짝 놀란 표정을 지었다 풀었다.

"농담이야."

"다들 이상한 애들만 있는 줄 알았는데 너무 멀쩡해서 놀랐어."

"다 편견인 거지. 나도 처음엔 좀 주저했어. 그런데 팬클럽이 나름 체계적이고 효율적으로 잘 운영되고 있어서 놀랐어."

오래전 지유가 그 비슷한 말을 한 적이 있었지만, 그때는 그게 무슨 뜻인지 몰랐다. 나는 맞장구쳤다.

"맞아. 팬카페에서는 서로 머리 터지게 싸우면서도 일 하나는 똑 부러지게 잘하지. 애들에게 빠져버릴 것 같아. 꼰대도 없고, 평등하고. 그냥 슈스를 향해 할 수 있는 가장 효율적인 방법으로 서포트하고, 즐기는 방식이 매력 있거든."

"응. 어떤 동질감과 연대 의식과 소속감 같은 것도 생기고."

"넌 일반인 코스프레 하지 않아서 좋겠다. 일코 해제 못하고, 좋아하는 가수가 누구인지 말하지 못해서 입이 간지러운 친구들도 많은데."

내 말에 링고는 고개를 끄덕였다.

"아직도 우릴 똘아이 취급하는 꼰대들이 있으니. 그래서 여기 오면 속이 후련한 거야. 대나무 숲처럼 하고 싶은 말을 실컷 하니까 좋아. 좋은 걸 좋다고 말하고, 사랑하는 걸 사랑한다고 말하니 말이야."

링고의 말을 이해할 수 있었다. 나는 고개를 끄덕이며 말했다.

"내가 좋아하는 것을 같이 좋아하고, 내가 공감하는 것을 같이 공감하는 것이 얼마나 행복한 일인지 알겠어. 한곳을 같이 바라보는 것도 멋지네."

그때는 어떤 대상에 대하여 열정을 쏟는 것이 에너지가 되었다. 또 누군가와 함께한다는 참여나 연대 의식이 굉장한 카타르시스와 함께 안정감을 제공했다. 소속되고 싶은 열망 속에서 인정욕구가 충족되고 있다는 것이 스스로에게 느껴졌다. 가족에게 받고 싶었으나 끝내 인정받지 못한 감정이었다.

주말 동안 물풍선 위를 걷는 것처럼 비현실적인 시간을 보냈다. 학교에 가자 아이들은 삼삼오오 모여서 유튜브에 올라온 K의 음악방송을 보았다.

"너, 이거 봤어? 나 알바 가느라 못 갔어."

지유가 원통한 표정을 지었다. 나는 웃음을 참으며 고개를 저었다.

"우리 언니가 잡지사 기자인 것 알지? 보고 왔는데 완전 대단했대."

작년 이맘때, 지유 언니가 잡지사 기자가 되었다고 엄청나게 자랑을 했다. 연예인 인터뷰가 있는 다음날은 꼭 학교에서 그 소식을 전해주었다. 그날도 예외는 아니었다.

"어제 언니가 K의 기자간담회에 갔었대."

귀가 쫑긋해졌다. 하지만 무심한 듯 물었다.

"요즘 뜨는 반짝스타가 그렇지. 시간이 지나면 사라질 테고."

지유는 내 말에 발끈했다.

"그 사람은 반짝스타가 아닐 거야. 기자간담회가 왜 간담회인지 알아? 연예인들을 취조 분위기로 몰아붙여 간담을 서늘하게 한다고 간담회라고 해. 톱스타들도 긴장해. 조금만 실수해도 팬을 안티로 돌아서게 만드는 게 기자들 힘이잖아. 그런데 이번에 K는 내한 공연 온 해외 가수급이었대. 기자간담회

서로 가려고 제비뽑기까지 했다니까. 또 현장에서는 서로 질문하려고 손 들고, 정작 질문보다는 칭찬 일색으로, 간담회가 아니라 팬클럽처럼 환대를 받았대."

지유의 말에 무관심한 척 대꾸했다.

"그 정도였어?"

"음악 산책 봤어? 내가 얼마나 뿌듯했는지 알아?"

지유의 흥분은 계속되었다.

"네가 왜 뿌듯해?"

"내가 좋은 사람을 알아봤다는 자부심에 내 안목을 칭찬하는 거지."

'난 거기서 생눈으로 영접했어'라고 말하고 싶은 것을 혀를 깨물면서 참았다. '나의 덕질을 알리지 말라'는 말은 팬카페의 불문율이었다. 그날 K의 이니셜이 카이로스의 약자라고 지유가 알려주었다. 물리적인 시간으로서의 크로노스와 대비되는 시간으로 카이로스가 운명처럼 다가왔다.

K는 노련한 조련사였다. 어떻게 사랑을 표현해야 마음이 온전히 전달되는지 알았고, 우리가 보내는 응원과 서포트가 자신에게 얼마나 큰 힘이 되는지 깨알 같은 정성으로 표현했다. 그의 팬은 2만 명이 조금 넘었다. 그는 그 2만 명에게 공평하게 애정을, 고마움을, 용기를, 자신이 할 수 있는 모든 걸 동원하여 표현하였다. 99.9퍼센트 순도의 사랑은 2만 분의 1

로 쪼개지는 것이 아니라 99.9퍼센트 순도 그대로 한 사람 한 사람의 팬에게 들어와 박혔다. 난 그 화살 하나를 덥석 문 것이었다. 그와 함께하는 시간만큼은 내가 내 슈스의 유일한 팬이 된 것 같았다. 그때 나는 서식지의 혈육, 나의 창조주의 감정 쓰레기통이었다. K가 내 유일한 빛이었고 출구였다.

내 기쁨, 나의 의미, 나의 삶, 나의 존재 이유가 모두 그에게 있었다. 광고에서라도 K를 만나는 날이면 흔들리는 버스도 놀이동산의 범퍼카처럼 흥겨웠고, 잔소리하는 편의점 사장도 용서하기 쉬웠다. 편의점 안 CCTV도 내 슈스의 따스한 눈 같아서 그 앞에서 춤을 추었으며, 창조주의 잔소리도 전위음악의 불협화음이라 여기고 넘길 수 있었다.

왜 '덕통사고'라고 하는지 알 것 같았다. 그 시절 나는 한 인간이 머물 수 있는 최고의 위치에 있는 것 같은 착각을 했다. 거기에 나를 올려놓은 내 슈스를 어떻게 잊으랴. 나 역시 그 높은 자리에 내 슈스를 올려놓기 위해 매일 25시간을 스트리밍에 바쳤다. 그때를 생각하면 누군가를 지독하게 좋아하고 싶었고, 중독되고 싶었고, 그가 팬들에게 보내는 SNS의 메시지를 내 개인에게 오는 메시지로 착각하고 싶었다. 결국 지독하게 외로웠고, 사랑받고 싶었던 것을 증명할 따름이었다. 그렇다고 기쁜 일만 있는 것은 아니었다. 결국 나는 팬카페를 탈퇴했으니까.

나중에 알게 된 사실이지만 팬도 다양하게 나뉘어 있었다.

온라인에서만 활동하는 안방팬, 적극적으로 공개방송을 보러 다니며 스타를 만나고 응원하는 공방팬, 연예인의 사생활을 죽기 살기로 쫓아다니는 사생팬. 팬과 스타 모두 싫어하는 팬이 사생팬이었다. 그야말로 스타의 일거수일투족을 파파라치처럼 따라다니면서 스타의 생활을 고의로 노출하고, 그럼으로써 사생활을 방해하고, 심하게는 스토커가 되기도 했다. 극성 사생팬 때문에 안티팬이 생길까 봐 팬들은 걱정했다. 팬덤에서는 사생팬을 민폐의 1순위로 생각하고 적극적으로 막았다. 그런데 열성팬과 안티팬은 종이 한 장 차이였다는 걸 나중에야 알았다.

그날은 K가 미주 해외 교포를 위한 공연을 가던 날이었다. 지유는 하루 종일 우울해했다.

"우리 슈스는 지금쯤 비행기를 타고 가고 있겠지? 왠지 점점 멀어져가는 느낌. 나만 느끼는 건가?"

지유의 한숨이 길어지고 깊어졌다. 이유를 알 것 같았다.

"네 기분 뭔지 알 것 같아. 뿌듯하면서도 좀 허무하긴 해. 놀이동산에서 캐릭터 풍선을 놓쳐서 멀리 날아가는 걸 안타깝게 보는 느낌이랄까."

지유는 창밖의 빈 허공을 바라보며 말했다.

"나 지금 뭐 하고 있는 거지? 내 슈스는 너무 멀리 갔어. 전에는 내 옆에 있는 것 같았는데. 이젠 손 닿을 수 없는 우주 대스타가 되어가고 있잖아. 난 그냥 바닷가의 모래 한 알일

뿐이잖아. 난 영원히 그렇게 남을 테지."

그렇게 말한 지유가 책상을 쳤다. 나는 지유의 마음을 이해했지만, 생각의 방향은 달랐다.

"그럼 넌 우리 슈스가 예전처럼 무명으로 남아서 우리하고 놀기만 바라? 난 우리 슈스가 나를 기억 못해도 좋아. 더 많은 사람들, 더 많은 팬들한테 사랑받는 셀럽이 되어 매일 방송에 나오고 더 유명해지면 좋겠어. 너도 그걸 원한 거 아니었어?"

내 말에 지유의 어깨가 다시 내려앉았다.

"나도 그의 성공이 기뻐. 그런데 왜 이럴까."

나 역시 공감했다.

"좀 허무해지기는 해. 유사 연애라고 하는 소리도 듣기 싫고."

지유는 갑자기 목소리를 높였다.

"달라졌어. 초창기에 우리들끼리 오붓하게 놀던 때랑은 또 다른 느낌이야. 아무도 그를 알아주지 않을 때 우린 그를 응원하고 그가 울 때 함께 울었지. 그가 유명해지기 전에도 우리에겐 영원한 슈스였잖아. 그런데 그가 유명해지니까 너도 나도 팬이라고 들어오는 애들이 미워. 개들은 초창기 팬들과 달라. 그저 K가 유명해지니까 숟가락 하나 얹으려는 거잖아. 개들 때문에 우리를 잊어버릴까 봐 걱정돼. 영영."

지유가 안타까워하는 것이 무엇인지 알았다. 그즈음 나 역시 비슷한 감정을 느끼기도 했으니까. 어쩌면 지유보다 애착이 적은 것이었는지도 몰랐다.

"난 K를 보면서 내가 어디로 가야 하는지 배우기도 해. 그래서 더 응원해. 「굿 윌 헌팅」 영화 봤지? 거기서 제일 인상 깊은 장면이 뭔 줄 알아? 똑똑한 친구가 자신들과는 다른 삶을 살기를 바라며 그를 떠나보내잖아. 훨훨 더 넓은 세상으로 날아갈 수 있게."

한동안 카페는 어수선했다. 개인정보 유출 사고가 있었고, 가수에게 선물할 케이크 디자인을 했던 지유가 일을 냈다. 생일 케이크를 트위터에 자랑하면서 사달이 났다. 누군가 그 사진을 보고 커뮤니티에 알렸다. K의 생일이 닥치기도 전에 케이크를 공개해버렸으니 김이 샐 만도 했다. '너 새끼, 정말 미쳤구나. 넌 선물이 뭔지 모르냐? 덕질의 생명은 주고 바라지 않는 거야. 그것도 모르면서 덕질하냐? 그렇게 자랑하고 싶니? 니가 해줬다고 생색내고 싶니?' 팬들의 무차별 공격은 무서웠다. 지유의 사과문 아래 득달같이 달려드는 아귀들의 처참한 난도질에 지유는 결국 팬덤에서 떨어져 나갔다.

마지막 지유의 반성문과 원망과 후회, 그리고 처참하게 숨어버린 그 일말의 과정이 내게 꿈만 같았다. 이제껏 몸담아왔던 팬덤을 다시 바라보게 되었다. 또 한 사건은 조공이란 이름으로 계좌에 넣은 아이들의 닉네임과 금액과 응원 문구가 쓰인 파일이 유출된 것이었다. 그 경위가 어떻든지 간에 그 운영진은 바로 징계를 받고 물러났다. K를 먼발치에서 응원만 하기로 마음먹은 결정적인 사건이 그 여름방학에 일어났다. 사고가 난 줄은 나중에야 알았다.

그 무렵 링고가 찍은 고화질 사진들이 인기를 끌었고, 다른 곳으로 리그램되면서 링고의 인스타그램은 K의 팬들이 찾는 성지순례지가 되었다. 그날도 링고는 망원렌즈가 달린 카메라를 챙겼다고 했다. 녹화를 마치고 드디어 K가 방송국 회전문을 열고 나오자 링고는 휠체어를 그의 앞으로 조종했다. 다른 아이들도 환호성을 지르며, 각기 자신의 핸드폰을 들고 사진을 찍기 시작했다. 셔터 소리가 동시다발적으로 나는 사이 링고 역시 카메라를 들었다. K의 가장 빛나는 모습, 가장 아름다운 모습을 담아야 했다. 그때 여기저기서 고함소리가 났다. 갑자기 피사체인 K의 몸이 링고 앞으로 점점 다가왔다고 했다. 무슨 일인지 링고는 뒤늦게 알아차렸다. 휠체어 잠금장치가 풀려 있다는 것을 잊었다. 뒤에서 밀려드는 팬들에 의해 휠체어가 앞으로 떠밀려가는 것을 미처 알아차리지 못했다. 그 휠체어가 접근금지 테이프를 밀고 있다는 것도, 그리고 일어나지 말아야 할 일이 일어나고 말았다는 것도.

팬들은 소리를 질렀고, 검은 양복의 경호원이 링고의 휠체어를 저지하려 했지만 이미 늦은 시점이었다. K는 비명과 동시에 다리를 뒤로 뺐으나 중심을 잡지 못하고 뒤로 넘어졌다.

링고의 휠체어는 꽃다발을 들고 인사를 하던 K의 정강이를 들이받았다. 다른 경호원들이 K를 붙잡아 일으켰고, K는 부축을 받으며 얼른 그 자리를 떠났다.

커뮤니티 운영자가 링고에게 징계를 내렸지만, 악플은 줄을 이었다. 링고 역시 죽고 싶다고 했다. 링고는 지유의 사건 당시 지유의 사과문을 보며 코웃음을 쳤었다. 그런 회원이 K의 팬이라는 것이 수치스러웠기에 지유의 탈퇴는 당연하다고 생각했다. 그에 비하면 자신이 이 커뮤니티에서 발하는 존재감은 화려했고, 링고는 그것을 자랑스러워했다. 그런데 그 탑이 한순간에 무너졌다.

링고의 사건 다음 날 그 일은 뉴스 기사로 도배되어 어마어마하게 퍼져나갔다. 'K의 사생팬, 같이 죽기 위해 돌진했나.' 뉴스 속의 링고는 자살 사이트에도 가입이 되어 있었고, 이미 두 번의 자살 실패 경험이 있는 정신병자였다.

그 사건이 있은 후, 링고도 사라졌다. 나는 속수무책으로 낭떠러지로 굴러떨어지는 친구들을 볼 수밖에 없었다. 어쩌면 최악의 사고일지도 모를 악몽이 현실이 되었다는 사실을 받아들이기 힘들었다. 그게 끝이 아니었다. 얼마 후 K가 다시 사라졌다는 소식을 들었다. 팬들은 돌아오기를 기다리며 K를 응원했지만, 나는 커뮤니티를 탈퇴했다. 그날 밤 몰래 숨겨두었던 덕후박스를 꺼내 보았다. 매트리스 아래 파일함을 만들어 K의 사진과 브로마이드, 미니 등신대, 포토카드, 화보집,

K의 얼굴이 나온 광고지와 신문 등등을 모아놓은 것이었다. 그렇게 나를 현실과 다른 공간으로 분리하지 않으면 살아갈 수가 없었는데, 이젠 그것마저도 소용이 없었다.

이후 마음의 문을 걸어 잠그고 공부만 했다. 학교에서 지유와 점심을 같이 먹는 것이 내 사교생활의 전부였다. 성적은 점점 올라갔지만 뭘 하고 싶은지도 몰랐고, 목표도 없었다. 다만 내가 방에서 나가지 않으면 내 창조주 혈육은 안심했다. 링고에게서 메시지가 온 것은 그로부터 일 년 후였다. '나 검정고시 보기로 했어. 응원해줘.' 늦은 밤 도서관에서 돌아오던 길이었다. 나는 응원의 메시지를 보냈다. 링고는 곧장 답을 했다. '사랑하는 사람을 위해 뭔가를 해주려면 가진 게 있어야지.' 그때 버스 창밖으로 네온사인이 빛나고, 별빛은 유난히 아름다웠다. 그와 비슷한 그 시절 어느 밤이 떠올랐다.

학원 끝나고 돌아오는 길에 K의 사진이 래핑된 버스를 발견했다. K의 콘서트를 앞두고 있던 때였다. K의 생일 축하 겸 콘서트를 광고하는 버스가 운행하는 마지막 날이었다. 그 광고 버스는 보름 동안 방송국과 시내 곳곳을 누비고 다녔다. 버스 바깥에 래핑된 K의 얼굴 너머로 붉은 노을이 넘어가고 있었다. 그 순간 눈물이 핑 돌았다. 왜인지도 알 수 없이. 내 사춘기의 한 시간이 K와 함께 있었고, 그를 보내야 하는 시간이 다가오고 있음을 알았는지도 몰랐다. 버스는 노을을 등지고 대로변에 정차해 있었다. 누구도 태우지 않는 버스였지만 우리 모두 그 버스에 한 번쯤은 마음을 싣고 달렸다. 어디서 든 만나면 반가웠고, 이제 아련한 추억 속으로 사라진다고 하 니 마음이 몹시 아렸다. 인생의 한 시절을 지나는 것 같은 감 격과 아슬아슬하게 건너온 한 시절이 함께 스쳐 지나갔다. 노 을은 발갛게 물들고 있었고, 내일이면 그 버스를 다시 보지 못할 거라는 사실에 그 마지막 조우가 더 감격스러웠다. 한편 으론 쓸쓸하고, 또 한편으론 아름다운 모습이었다. 점점 어두 워져 드디어 버스가 보이지 않을 때에야 마지막으로 그에게 인사를 했다. '다음에 또 만나.' 그렇게 인사했을 때, 그의 첫 번째 팬미팅이 떠올랐다. 마지막 곡을 끝낸 후, K는 잠시 고 개를 숙였다가 우리에게 눈을 마주쳤다.

"언더고잉이라는 말 들어봤어요? 경험이에요. 그보다는 '겪는다'는 표현이 더 맞아요. 우리는 어쩔 수 없이 맞닥뜨려 야 하는 현실을 강제로 경험해요. 이 경험이 우리를 성장시키 기도 하고요…… 경험이라고 다 좋은 것은 아니에요. 도둑질 도 하면 늘어요. 하지만 그건 경험이라고 할 수 없어요. 경험 은 도둑질한 후의 미래의 결과까지 모두 포함하는 거예요. 그 걸 책임지고 몸으로 부딪치는 게 언더고잉이에요."

정적이 흘렀다. 그 시간만큼 그는 우리와 눈을 마주했다. 다시 반주가 시작되었고, 그는 노래를 불렀고, 우리에게 같 이 부르라고 손짓을 했다. 그때 우리는 하나였고, 내 목소리 는 화려한 조명 아래에서 똑같은 단어를 내뱉는 수천의 목소리와 합쳐졌고, 그 두 배의 눈동자가 한 사람을 향해 있었다. 가장 불행한 순간, 최면제처럼 그 불행을 잊게 한 카이로스의 시간이었다. 그 시간 속에 지유와 링고의 추억도 함께 버무려져 있었고, 나의 열일곱 살과 열여덟 살이 그곳에 있었다. 휠체어를 끌고 야광봉을 흔드는 링고의 모습이 되살아났고, 멀어져가는 K를 보며 안타까워했던 지유가 현재의 시간처럼 선명했다. 지금 생각해보면 내가 그토록 사랑하고 싶었던 사람은 K가 아니라 바로 나였음을 알게 된 시간이기도 했다.

경적이 울린다. 차가 움직이기 시작한다. 카이로스의 시간을 건너 현실의 시간으로 돌아온다. 다리 건너 방송국으로 향하는 차는 아주 천천히 꼬리를 물고 조금씩 앞으로 나간다. 지난봄 개편 때 실력에 비해 성공하지 못한 가수들에게 다시 기회를 주기 위한 프로그램을 제안했다. 실력 있는 가수와 인기의 비결은 비례하지 않았다. 누구도 알 수 없는 것이 흥행의 방식이었기에. 그런 사실을 아는 국장도 기꺼이 승낙을 했다. 물론 그런 가수를 찾아 나서는 것은 내 몫이고, 그들을 위한 무대를 꾸미는 것 역시 내 몫이다.

오늘 무대에 설 가수는 허스키보이스로 유명한 록 밴드 보컬로 세 옥타브를 넘나드는 실력을 가졌다. 지금은 미국에서 주얼리 사업을 하고 있다. 가끔 자신을 모르는 이국의 바에서 노래를 부르고, 관객들의 팁을 받는다고 했다. 그녀를 위해 백만 송이 장미는 아니더라도 컴백을 축하하고 응원한다는 이벤트 하나쯤은 괜찮을 것이다.

차가 다시 정차했을 때 보조연출자에게 문자를 보낸다. '분장실에 장미 꽃잎으로 꽃길 좀 깔아줘요.'

라임 나무가 되어

노동자들의 삶은 일찍 시작되고, 늦게 끝난다. 일용직이나 이주민 노동자들이 새벽부터 몰리는 지하철역은 특히나 그렇다. 초희에게도 아침은 의무방어전의 시작이다. 월요일 아침 고성이 터져 나온다. 수염을 깎지 않은 중년 남자가 승차권 기계 앞에서 소리 지르다 급기야 기계를 발로 찬다. 날씨가 추워지는데도 홑점퍼에 원색의 등산복 셔츠를 안에 받쳐 입었다. 바지는 구김이 그대로 드러난 회색으로 막걸리 자국 같은 희끗희끗한 얼룩이 묻어 있다.

　"왜 잔돈이 안 나와? 왜 기계가 이따위냐고. 책임자 어디 있어? 표를 팔려면 똑바로 팔아야지."

　초희는 첫 운행을 시작하기 전 사무실로 들어가려다 그 광경을 보았다. 신입 역무원이 뛰어나왔다. 그는 기계를 열고 동전을 꺼내 사내에게 돌려주었다. 사내는 동전을 돌려받는 것이 목적이 아닌 듯, 계속해서 폭언을 쏟아냈다.

"내가 이까짓 백 원 갖고 이러는 게 아니야. 도대체 이 나라가 어떻게 돌아가고 있느냐 말이야. 내가 이러려고 힘들게 대통령 뽑은 줄 알아?"

사람들은 잠시 고성이 나는 쪽으로 고개를 돌렸다가 이내 바쁜 걸음으로 개찰구를 빠져나갔다. 초희가 사태를 진정시키려고 다가가자 사내는 초희를 위아래로 훑어보았다.

"역장 불러오라고, 역장. 피 같은 세금은 어디다 쓰고 고장 난 쓰레기를 갖다 놓냐고."

투명한 창구를 사이에 두고 초희와 영수는 눈이 마주쳤다. 영수는 뛰어나와 초희에게 눈짓을 하며 이내 사내에게로 몸을 돌렸다.

"손님, 불편한 사항이 있으면 제가 처리해드리겠습니다."

영수가 부드러운 목소리로 사내를 진정시키려 했다. 흥분한 사내는 영수의 차분한 목소리에 더 화가 난 듯 마스크 착용 안내 거치대를 발로 차 쓰러뜨렸다. 결국 안에서 지켜보던 과장이 지하철 경찰대를 불렀다. 철도공안 두 사람이 달려와 사내의 양팔을 붙잡자, 사내는 그때까지도 울분이 풀리지 않았다는 듯 팔을 이리저리 뿌리쳤다. 그는 곧 지하철 수사대로 연행될 것이다. 사내가 사라지자 역은 웅성거리는 규칙적인 소음이 일상인 세계로 돌아갔다.

서울의 구시가지였던 이곳은 거친 말과 고성 외에는 공격 아이템이 없는 사람들로 가득하다. 금요일 밤의 취객은 최악이다. 초희가 역무원으로 일할 때 자주 겪는 일이기도 했다. 사소한 일로 욕받이가 되기도 한다. 그들이 시비를 걸고 따지고 싶은 것은, 왜 백 원짜리가 두 개 더 나와야 하는데 안 나오느냐가 아니라, 내 인생이 이렇게 꼬여만 가는데 이 기계마저 나를 비웃는 것 같냐고, 너희들까지 나를 무시하냐고, 다른 사람들은 희희낙락 잘사는데 왜 내 인생만 이렇게 꼬이냐고 트집 잡는 것 같다.

초희 역시 비슷한 생각을 했을 때가 있었다. 혼자 서울에서 학교 다니는 동안 미래가 보이지 않아 막막했다. 고등학교의 연장처럼 빡빡하기만 했던 교과 과정을 마치고 막연히 기다리는 시간이 있었다. 스무 살 중반이 넘어갈 무렵의 불안한 마음을 누르고 차례가 오기를 기다리던 때였다. 개구리밥처럼 동동 떠서 의지 없이 바람에 이리저리 떠밀려가는 것 같았다. 남들에게 햇살이 내리쪼일 때, 초희의 머리 위에는 회색 구름뿐이었다. 초희가 할 수 있는 일은 그저 우직하게 기다리며, 할 수 있는 일을 성실하게 하는 것뿐이었다.

'내 손에 라임이 있다면 라임 차를 만들어야지.'

초희가 아침에 눈을 뜨면 떠올리는 말이다. '라임밖에 없다면'이 아니라 '라임이 있다면'이다. 그리고 라임 향을 떠올린다. 새로운 일이 없는 하루를 시작하는 주문이다.

초희의 하루는 루틴이 되어 순식간에 지나간다. 비상 정차 시에 승객들에게 안내방송을 하는 일도 익숙해졌다. 성차별이 적은 직장으로 분류되고 복지 수준도 올라간 것이, 앞서간 선배들이 닦아놓은 길이다. 여자 화장실이 없었던 때도 있었고, 임신과 출산에 관한 규정 자체가 없어 과로로 유산한 선배도 있었다. 요즘은 어떻게 하면 역무원이나 기관사가 될 수 있는지 물어보는 승객도 있다. 취업이 힘든 시기에 공기업이라는 사실만으로도 철밥통으로 보이는 것이다. 민영화 추진으로 이마저도 위태로워지고 있지만 다른 사기업에 비하면 안정적이라 할 수 있다.

그동안 철도 파업 상황에서 노조에 들어가 시위도 하고, 이런저런 사소한 사고도 생겨 우왕좌왕하기도 했다. 다행히 큰 사건 사고는 없어서 폭풍 없는 인생이 구름처럼, 강물처럼, 흘러가는 것 같다. 쉬는 날에는 요가를 하고, 독립 영화관에서 영화를 보고, 빵을 만들고, 라임 차를 마신다. 나쁘지 않은 날들이다. 가끔 내리쪼이는 강렬한 햇살은 덤이다.

초희는 시간을 확인하고 열차에 오른다. 업무 강도가 두 배로 올라가는 연휴의 첫날이다. 이 거친 며칠만 지나면 사흘의 피 같은 휴가를 얻어 집으로 내려갈 수 있다. 오늘은 인천과 부평 코스를 돌 예정이다. 초희는 뒤를 돌아본다. 지하철의 뒤꽁무니가 컴컴한 어둠에서 벗어나고 있다. 하루의 시작이다.

연휴인데도 출근 시간이 가까워지자 지하철은 점점 붐비기 시작한다. 평일 출근길은 지옥철이다. 출퇴근 시간에는 문이 닫히는데도 앞 사람을 밀고 타려는 직장인들로 인해 출입문이 두세 번 여닫힌다. 열차가 제시간에 출발하지 못하고 지연된다. 초희의 안정적인 루틴이 무너진다. 냉방 온도를 낮춰달라는 민원이 들어온다. 그동안의 경험치에 의하면 경인선 승객들은 더위를 많이 탄다. 객실마다 요청 사항이 다르기는 하지만 노선마다 원하는 실내 온도도 제각각이다. 누군가는 덥다고, 누군가는 춥다고, 하는 민원이 동시에 들어오기도 한다. 사람이 느끼는 감각의 온도조차 모두 제각각이다.

주말부터 며칠 동안은 강행군이 될 것이다. 귀성객과 나들이객들이 한꺼번에 몰리기에 특별히 더 주의를 기울여야 하는 기간이다. 그럴 때는 외국인 노동자들도 한국의 연휴를 맞아 덩달아 바빠진다.

드디어 지하터널을 벗어나 한강이 보인다. 초희는 텀블러에 담아 온 아메리카노를 마시며 수면에 비친 아침 해를 본다. 외국인들이 가장 좋아하는 구간이다. 젊은 외국인 여자들은 창밖을 보며 신기해하며 사진을 찍기도 한다. 초희가 좋아하는 구간은 동작대교와 잠실철교 넘어가는 구간이다. 낮은 낮이라서 화창하고, 밤은 밤이라서 화려하다. 운이 좋아 한강을 지나며 일출이나 일몰을 보는 날은 먼 이국의 유람선을 탄 기분이다. 야간의 대교 조명과 물에 비친 야경은 삶이 여행의 일부라고 말해주는 것 같다.

무사히 하루를 지나갔다. 초희는 종착역을 앞두고 무전기를 든다. 오늘의 마지막 안내방송이다. 종착역을 알리고, 오늘 하루도 수고 많으셨다고, 이 열차를 이용해주셔서 감사하다는 인사를 건넨다. 무탈하게 보낸 하루다. 멋진 안내 멘트를 하는 기관사도 있지만 아직은 쑥스럽다.

객실을 모두 확인하고, 퇴근하려는데 청소년으로 보이는 아이가 승강장 주변을 서성인다. 언젠가 비슷한 일이 있었다. 중년 여자가 같은 승강장 앞에 서 있는 것을 초희는 여러 번 목격했다. 아침에 나오기도 하고, 때로는 저녁에 만나기도 했다. 멍하니 승강장 앞에 서 있는 여자의 사연은 나중에서야 알게 되었다. 사고 유가족이었다. 초희가 다시 되돌아보았을 때 아이는 보이지 않았다. 한편으로는 안심이 되고, 다른 한편으로는 내일은 만나지 않기를 바랐다.

지도 앱을 켜고, 과장이 보내준 주소를 입력한다. 좁은 주택가의 골목으로 찾아 들어간다. 내일은 서울 외곽에서 첫차를 탄다. 주박지 근처마다 회사에서 제공하는 숙소가 있다. 낯선 곳에서의 잠도 그렇지만, 처음 가는 곳은 숙소 찾아가는 일이 난감하다.

새벽 네시 알람을 맞추고 잠자리에 든다. 알람 없이 눈 뜨는 아침은 비번일 때나 가능하다. 쉽게 잠들지 못한다. 낯선 벽지 무늬가 눈에 어른거린다. 내일을 위해 억지로 눈을 감는다. 내일은 더 잘할 수 있을까, 생각하다 눈을 뜬다.

초희는 이불을 걷고 누운 채 왼쪽 발바닥을 오른쪽 허벅지 안쪽에 대고 두 팔을 하늘로 뻗는다. 초희가 제일 좋아하는 나무 자세다. 눈을 감고, '나는 나무'라고 읊조린다. 시큼하고 푸릇한 열매가 달린 나무를 떠올린다. 라임 향기를 맡는다. 요가는 정직원이 되고 얼마 후 시작했다. 소음에 대한 스트레스로 인해 일상이 망가지고 있었다. 전동차가 터널 안을 지나갈 때마다 들리는, 고막을 때리는 쇳소리와 굉음은 일상에서 나는 작은 소음마저 예민하게 만들었다. 요가는 그로 인한 두통을 묵음의 세계로 이끌었다.

새벽에 일어나자 간밤의 꿈이 떠오른다. 신발을 못 찾아서 헤매다 알람 소리에 깼다. 자주 꾸는 꿈이다. 열차를 타러 가야 하는데 신발을 잊어먹거나, 화장실에 들어갔다가 문이 안 열려서 발을 동동 구르는 꿈. 새벽 네시의 알람은 한강 다리가 무너져도 지켜져야 하는 정시 운행의 첫번째 미션이다.

귀성이 끝난 서울은 한산하다. 연휴 마지막 날부터 다시 평소의 분주한 일상이 시작될 것이다. 초희는 출근길에, 먼저 집으로 내려간다는 종희의 전화를 받았다. 종희에게는 연차까지 모두 합쳐 쉴 수 있는 일 년의 단 한 번뿐인 기회다.

영실의 게스트하우스를 운영하는 초희의 엄마는 초희와 종희 두 딸이 집으로 돌아오는 것을 제일 반긴다. 초희 역시 종희와 함께 엄마가 만든 단팥죽을 먹고 한라산에 오르는 것을 꿀 휴가 중 최고의 선택으로 여긴다. 초희가 엄마를 위해 할 수 있는 필살기는 소보로 단팥빵을 구워 숙박 손님들에게 아침 조식으로 내놓는 것이다. 역무원으로 발령받기 전 불안한 마음을 달래기 위해 제빵학원에 다녔다. 따뜻한 온기와 달달한 풍미는 최고급 방향제나 아로마 오일보다 심신 안정에 효과가 있었다. 또 손수 만든 빵이 다른 사람들의 입으로 들어가는 것을 보면 조금은 좋은 사람이 되는 기분이었고, 엄마를 도울 수 있다는 자부심도 들었다.

지난 추석에 초희는 종희와 한라산 영실 코스에 올랐다. 제주황기와 곰취꽃, 보리수나무가 등산로 옆으로 차례대로 나타나고 사라졌다. 종희는 이직한 지 일 년이 채 되지 않아 적응 중이라고 했다. 윗세오름의 나무 데크에 앉은 초희와 종희는 세죽 사이의 관목과 길게 뻗은 활엽수를 올려다보며, 엄마가 삶아준 계란을 까먹었다.

종희가 전에 일했던 곳은 상사 갑질이 심한 곳이어서 힘들어했다. 불법 업체로 회사 이름이 방송에 나오면서부터 이직을 결심했다.

"죽을 둥 살 둥 바쁘게 사는 것이, 잘살려고 하는 것인지 죽지 않으려고 하는 것인지 헷갈렸어. 열심히 뛰는데도, 채찍이 내 등허리를 휘감는 것 같았거든."

종희는 과도한 컴퓨터 마우스 작업으로 인해 손목 디스크가 생겼고, 마사지로 디스크를 고쳐보려다 오히려 습진이 생겼다. 빨갛게 피부가 일어나고 그 자국이 영영 사라지지 않겠다는 생각이 들 즈음 사표를 썼다.

"새 일은 마음에 들어? 다른 일을 할 수도 있었을 텐데, 아마 외삼촌 영향이겠지?"

초희가 말하자 종희는 고개를 가만히 끄덕였다.

"응, 그래도 괜찮은 일이야. 나도 솔직히 영화 속에서나 보던 일을 하게 되리라고는 생각하지 않았어. 사람은 아는 만큼 보니까."

한라산에 오르며 종희는 담담하면서도 의연하게 말했다. 초희는 종희와 함께 본 영화를 떠올렸다. 첼리스트였던 남자가 오케스트라가 해체되면서 실직하고, 우연히 인간의 마지막 작별을 준비하고 도와주는 새 직업을 갖게 된 이야기다. 종희가 그 어려운 일을 하리라고는 생각하지 못했다. 다른 사람이 힘들어하는 꼴을 못 보는 종희 성격에 궂은일은 도맡아 하리라는 것은 뻔했다. 종희가 좋아하는 일은 다 남들에게 좋은 일이었다.

종희의 이직은 코로나 바이러스가 만연하던 때여서, 수습 시절 병원 장례식장 소속으로 근무했다. 인간을 이렇게 보내도 되나, 하는 생각이 들 정도로 평소에 생각한 엄숙하고 예를 갖춘 배웅 길이 아니었다고 했다. 방수 비닐에 싸인 어머니를 확인하겠다는 유족을 설득해야 했다. 정부의 방침은 확고했고, 애도를 거치지 못한 시신은 물건처럼 대해졌다. 유족은 가족을 잃은 상실감과 죄의식을 고스란히 안고 일상으로 돌아갔다. 비일상의 일상화는 삶의 마지막 이벤트조차도 비인간적으로 처리되었다. 시간은 똑같은 무게로 흐르고, 그 끝이 있다는 것은 같았으나, 공평하지는 않았다.

종희는 그때도 씩씩했다. 후회하지 않았다. 삶과 죽음의 경계에서 마지막 날숨이 끝나고 난 후에 시작되는 일은 인간으로서 마지막 배웅이라 의미 있었다. 다만 그 일도, 일이었기에 하고 싶지 않은 일도 해야 했다. 갑질을 피해 왔으나 갑질은 어디에나 존재했다. 정작 장례 관련 업무보다 계약 성사율과 용품 판매와 관련하여 비용 정산 압박이 심했다.

"그런 것만 아니면 충분히 괜찮은 일이야. 누군가의 마지막을 책임지는 일이 탄생을 책임지는 일보다 덜 중요하지는 않잖아. 그런데도, 탄생은 축복이라 하는 건 시작의 의미 때문이겠지. 마지막은 그 너머가 눈에 보이지 않으니 막연히 두려운 거고."

종희는 여름 볕이 가시지 않은 언덕의 초록과 그 이파리 사이의 하늘을 보며 말했다.

"요즘 애들이 좋아할 만한 낭만적인 직업은 아니지. 그래도 그 사람들이 위로받고 도움받는다면 좋은 일이지. 꼭 필요한 일이고."

"걸어가든, 뛰어가든, 부자든, 가난하든 그 끝은 같은데, 오히려 유족들 다툼은 돈이 많을수록 더 심해. 평범하거나 가난할수록 더 고인에 대해 더 안타까워하고 진심으로 슬퍼하는 마음이 느껴져."

종희의 말에 초희도 고개를 끄덕였다.

"누구든 그 마지막이 편안하기를 비는 건 복을 짓는 일이야. 너 좀 멋있어."

"언니 일도 소중해. 밤잠 설치고 알람 맞추는 건 봉사하려는 마음이 없다면 못하는 일이야."

가끔 뉴스에서 시민의 발이라든가, 이천만 승객의 안전을 책임진다든가 하는 아부성 멘트가 나와도 초희는 진심으로 느껴지지 않았다. 종희의 말이 더 와닿았다. 공적인 약속이 우선시되기에 책임감이 직업윤리 중 가장 앞에 있어야 하는 건 맞았다.

"응, 나도 누구보다 잘살고 싶어. 후회 없이…… 그런데 넌 언제부터 그 일을 하려고 생각했던 거야?"

"계획하지는 않았어. 작정하고, 가 아니라 갑자기, 계획 없이 하게 된 거야. 내가 하는 일이 모두 '갑자기, 어쩌다'니까. 또 어느 정도는 명절에 외삼촌을 만난 영향이겠지?"

종희는 한껏 숨을 들이마시며 하늘을 보았다.

"이 가을이 정말 좋아. 그래도 빨리 겨울이 오면 좋겠다."

종희의 말에 초희도 하늘을 올려다보았다. 아직도 남은 초록 사이로 싯푸른 하늘이 청명했다. 간간이 새소리가 맑게 퍼졌다. 제각각의 리듬과 높낮이가 다른 소리가 제법 잘 어울렸다.

올봄 초희는 게스트하우스에서 종희와 다시 만났다. 여섯 달 만에 보는 종희는 지쳐 보였다. 몸이 아니라 마음이. 기가 다 빠진 모습이었다. 그동안 무슨 일이 있었는지 궁금했지만, 초희는 대답하지 않았다.

연휴 마지막 날 비상벨이 울렸다. 철로 고장으로 수리 중이었다. 3인 1조 작업이어야 했지만, 인원 부족으로 안전 규칙이 지켜지지 않은데다, 선로 전환기마저 제대로 작동하지 않았다. 열차방호만 전담해야 하는 직원이 무전기 연락을 받고 잠시 자리를 비운 틈이었다. 그런 상황에서 제대로 된 안전 감시는 이루어지지 않았다. 사고 열차의 기관사였던 영수는 일주일간 휴가를 얻고 심리상담을 받는다고 했다. 초희는 퇴근하고서야 영수를 보러 갈 수 있었다. 초췌한 눈빛으로 영수는 초희를 맞았다.

"괜찮아?"

영수는 어깨를 늘어뜨리고 고개를 저었다.

"괜찮지 않아."

영수의 말에 초희는 고개를 끄덕였다. 영수가 운전하던 마지막 타임의 지하철이었다. 차고지에서 출발해 얼마 가지 않아 그 일을 당했다.

"그건 그냥 사고잖아. 너무 힘들지 않았으면 좋겠어. 이렇게밖에 말할 수 없네."

영수는 이해한다는 듯 고개를 끄덕였다.

"사고 맞는데, 사고 같지 않아. 한 번만 돌면 그날을 마무리할 수 있었는데…… 아직도 실감이 안 나. 그게 진짜 내게 일어난 일인지."

눈을 감을 때마다 영수는 그 남자를 보았다. 검은 장막 앞의 한 남자. 그 눈빛을 아직도 영수는 기억하고 있다. 0.1초의 눈 속에 담긴 수많은 말들. 수만 가지 감정이 순식간에 지나가던 그 얼굴.

"사건보고하고 경찰이 현장 지시를 한 후에야 현장을 수습해. 퇴근 후 경찰서에서 조서 작성하면서 처음 본 순간부터 마지막까지 떠올려야 하는 게 너무 힘들었어."

영수의 말에 초희는 한동안 침묵했다. 무슨 말을 할 수 있을까. 영수의 온기가 빠져나가지 않게 안아주는 것밖에는 할 수 있는 게 없었다.

"그 일이 얼마나 끔찍한지 난 짐작도 못하지만, 너마저 다치는 건 원하지 않아."

초희 역시 비슷한 일을 겪은 적이 있다. 간접 경험일 뿐이지만 그것으로도 충분히 무게감을 실감할 수 있었다. 운행 도중 갑작스런 비명 소리를 들었다. 열차가 멈추었을 때 초희는 직감적으로 사고를 감지했다. 기관사에게 달려갔다.

"남자애가 누워 있었어요."

이성을 잃은 기관사는 소리를 질렀다. 초희가 들은 비명은 기관사가 내지른 것이었다. 나중에 안 사실이지만, 그 기관사는 전부터 우울증을 앓고 있었다. 병원 기록이 없었기에 아무도 알지 못했다. 결국 스스로 일을 그만두었다. 초희는 나중에서야 사고 처리 과정을 들었다. 망자의 어머니는 사고 소식을 전해 듣다 기절하고, 깨어나 듣다가 다시 기절하고를 반복했다. 한동안 그 역으로 지하철이 들어갈 때마다 과거의 기억에 시달려야 했다. 현장을 목격하지 않았음에도 며칠은 정상적인 생활이 불가능했다. 이삼일 근무 조정이 되고, 휴식을 취할 시간을 가질 수 있었다.

그 후, 작은 일에도 긴장하게 되었다. 승강장 근처에서 장애 신호가 뜨거나, 출입문이 열렸다 닫혔다 등 오작동하고 에러 메시지가 뜨는 날은 신경이 얼어붙었다. 작년만 해도 수십 건의 사고가 있었다. 회사와 정부는 핑퐁 게임을 하며 그 원인을 서로에게 떠넘겼다. 설비나 인원 충원 같은 비용이 드는 일은 미루기만 했고, 자동화 시스템 역시 받아들이지 않았다. 직원의 안전을 위해서 얼마나 투자할 것인가, 하는 해결의 변수는 모두 갑의 영역이었다.

"쉬운 일은 아니야."

초희의 말에 영수는 고개를 끄덕인다.

"가끔 부기관사 없이 홀로 터널을 통과할 때가 있어. 어둠

속을 달릴 때 소음에 귀가 먹먹해지면 내 몸이 사라지는 것 같기도 해. 이대로 호흡이 멎는 건 아닌가 싶기도 하고. 파르스름한 형광등 불빛과 어둠이 번갈아 나타나면, 외계로 공간 이동을 하는 느낌이야. 그 몽환적인 상태에서 모니터와 신호기에도 집중해야 하니 긴장의 연속이지. 지하 구간이 많은 날엔 특히. 많은 사람의 목숨을 책임진다는 생각을 매번 하지는 않지만, 가끔 기계가 말썽을 부릴 땐 이직을 고민해."

초희 역시 그 정도는 아니지만 긴장의 순간은 있다. 지하철 문이 닫히는데도 발을 밀어 넣거나 함부로 여는 승객들이 있을 때, 또 승객이 지하철과 승강장 사이에 빠진다든지 다른 난감한 일이 발생할 때 심장이 제멋대로 나대는 경험을 하게 된다. 그때마다 과연 지금 영수가 겪고 있는 일들을 나도 잘 해낼 수 있을까 고민한다.

"힘들 때는 어떻게 해?"

초희의 물음에 영수는 눈을 감는다.

"두려움은 위험을 예민하게 감지하는, 살기 위한 방어기제라고 생각해. 현장을 봐야 하는 건 어쩔 수가 없는 일이지만. 어쩌면 그게 모두 인간이 특별하다고 생각할수록 더 빠져드는 함정인 것도 같아. 누군가 로드킬과 다를 바 없다고 한 말을 들었어. 사람이라고 다른 동물과 다른 건 아니니까."

영수의 말에 초희는 새삼 싸한 아픔이 올라온다. 사고를 로드킬과 비교하지 않으면 안 되는 상황이라니…… 만약 보고도 피할 수 없는 순간이 온다면 감당할 수 있을까. 기관사는 피치 못할 사고의 순간에 죽음까지도 기꺼이 받아들여야 한다. 화재나 탈선 혹은 인명 사고 등이 일어났을 때 승객을 최우선으로 대피시켜야 한다. 초희는 자신에게 그런 이타심이 있나 생각해보았다. 이성적으로는 가능한 일이지만, 막상 사고의 순간에 자신이 어떻게 대처할지는 자신도 모르는 일이다. 트롤리의 딜레마에서 늘 초희는 어느 쪽에도 손을 들지 못했다. 또, 의도하지 않고서도 가해자가 될 수 있었다.

며칠 전 과장은 지방에 다녀왔다. 초희가 초등학생 시절 어렴풋이 들었던 사건이었다. 과장의 입사 동기가 운행하던 차량이었다. 그는 역으로 진입하기 전 승강장 터널에서 연기가 나는 것을 보았다. 만일을 위해서 멈추어야 하는 상황이었다. 상황실에 즉시 보고했다. 정시 운행이라는 규칙이 발목을 잡았다. 상부의 진입 명령에 따라야 했다. 그가 역으로 진입했을 때 이미 연기로 앞을 볼 수 없을 정도였다. 출입문을 개방하고 승객들과 같이 대피하려고 했다. 불길에 휩싸인 기계가 제대로 작동하지 않았다. 기관사는 부상당한 채 살아남았으나 처벌을 받아야 했다. 업무상과실치사였다. 사람들은 왜 그때 멈추지 않았느냐고 그를 비난했다. 억울했으나 공분한 국민들에게 그는 희생양으로 던져졌다.

과장은 해마다 기일에 희생자 묘지에 다녀왔다. 이십 년이 지나도록 참사 희생자라는 명패도 없는 묘지였다. 추모비라는 이름도 국가로부터 허락받지 못했다. 그 일로 트라우마를 겪은 사람이 한둘은 아니었다. 외삼촌 또한 그 일의 희생자였다. 그때나 지금이나 달라진 게 없었다. 각자도생을 위해 초희는 어디를 가든 비상구부터 확인하는 습관이 생겼다. 어쩌면 동료들의 공통점인지도 모른다.

"내년에도 기관사 시험이 있지?"

영수는 초희에게 묻는다. 초희는 무겁게 고개를 끄덕인다. 처음 일을 시작한 때가 얼마 지나지 않은 것 같은데 벌써 기관사에 지원할 수 있는 연차가 되었다.

"그래도 힘든 일만 있는 건 아냐. 한편으로는 그 시간이 오기를 기다리기도 해. 세상에 오롯이 내가 당당히 세계와 맞서고 있다는 느낌이 있거든. 성취욕이라고 해야 할지, 자긍심이라고 해야 할지, 그런 느낌도 있어. 어둠을 뚫고 나왔을 때의 환희 같은."

"부딪치면 하겠지. 그런데 그 사람 어떻게 됐어?"

"누구?"

"그날 역에서 난동 피운 남자."

초희의 물음에 영수는 한숨부터 쉬었다.

"아직도 끝나지 않은 전쟁의 희생자였어."

그 남자는 판사 앞에서 한없이 울었다고 한다. 강제 징용 다녀온 아흔이 넘은 노부가 쓰러져 병원에 있었다. 노부는 홋카이도의 탄광에서 일하다 갈비뼈가 부러졌으나 치료도 받지 못하고, 부러진 채 굳어버린 뼈를 반백 년을 가지고 살아왔다. 그 후유증으로 폐가 변형되고, 폐렴으로 이어진 거였다. 퇴원비를 그때까지 마련하지 못해 지인에게 급히 돈을 꾸러 가던 길에 한일 회담 관련 뉴스를 보고 화가 났다고 사내는 젊은 판사 앞에서 흐느꼈다. 숙련자 자격증이 있는 그는 높은 임금으로 인해 오히려 일에서 배제되었다. 외국인 노동자나 자격증 없는 값싼 노동력이 그 남자를 대신했다. 다행히 그는 기초생활수급자로 정상참작이 되어 선고유예 판결을 받고 과료를 면할 수 있었다고 했다.

며칠 동안 초희에게는 방전과 충전의 시간이 반복되었다. 하루를 무사하게 마쳤다는 안도감은 하루를 잘 살아냈다는 뿌듯함으로 이어졌다. 휠체어 바퀴가 승강장과 전동차 틈새에 빠지는 일이 있었고, 토사물 사고가 한 건 있었다. 나름 잘 방어하고 지나간 하루였다. 출발점이 있고, 종착점이 있는 건 좋은 일이다. 순환선조차도 차고지에 들어가야 하는 순간이 있다. 내일을 기약할 수 있는 시간이다.

마지막 운행을 마치고 퇴근하는 길에 초희가 핸드폰을 확인한다. 모르는 전화번호가 여러 번 떠 있다. 병원 응급실이다. 사흘 만에 출근한 영수가 과호흡으로 병원에 갔다는 메시지도 있다. 영수는 일주일 휴가를 다 쓰지 않고 출근했지만, 역시나 괜찮지 않은 것이었다. 그것은 로드킬과는 다르다.

초희는 영수에게로 가는 버스를 타며 외삼촌을 떠올린다. 외삼촌은 그날 이후 인생이 바뀌었다고 했다. 부대 상관의 명령을 거부할 수 없었던 그 날.

그날은 지하철 화재가 났던 날이었다.

"연고도 없는 지방에서 훈련받다가 우리는 갑자기 출동 명령을 받았어. 어디로 가는지 아무도 몰랐지. 그저 명령이니 시키는 대로 폐기물 마대를 채우고, 물청소를 했어. 눈과 귀를 닫고. 시키는 일을 빨리 마칠 생각만 했어. 전날도 유격훈련으로 힘들었거든. 쉬고 싶은 생각뿐이었지. 현장의 남은 흔적들은 한 사람의 몫으로 제대로 분리되지 못하고, 뒤섞여 화장장으로 갔다고 해. 유가족들은 영정 사진으로만 장례를 치러야 했다고…… 나중에 신문을 보고서야 알았어."

영혼 없이 명령에 따라야 했던 군인들은 그 일이 트라우마로 남았는지 부대를 떠난 뒤 어느 누구도 당시 일에 대해서는 말하지 않았다. 트라우마는 오래갔다. 그때 제대로 수습하지 못한 영혼들에 빚진 마음을 청산해야만 했다. 외삼촌은 그것을 외면하고 싶지 않았고, 결국 정면 돌파를 택했다.

초희의 이야기를 들은 영수는 창밖을 물끄러미 내다보았다. 결국 제대로 애도하지 못한 후유증이다. 단풍이 들기 시작한 나무들이 간혹 초록들 사이에 섞여 있다. 계절은 어김없이 바뀌고 있었다. 영수는 초희의 걱정스런 시선을 피하지 않았다.

"걱정 마. 난 아직 하고 싶은 게 많아. 좋아했고, 원하던 일이었고. 날마다 듣는 지하철의 엔진 소리도 좋아. 출발하기 직전 RPM이 올라가는 특유의 소리. 심장을 예열하는 소리 같거든. 3교대라 휴일도 마음만 먹는다면 뺄 수 있고. 또 봄에는 신창, 온양의 벚꽃도 봐야 하고, 가을이면 도봉산에서 소요산으로 이어지는 단풍도 가장 가까이에서 볼 수 있지. 그런 맛은 누구도 알지 못할 거야."

초희는 영수를 안고 등을 토닥인다. 영수의 미열이 초희에게 전해진다.

"퇴원하면 오랜만에 공유주방 갈까?"

초희의 말에 영수는 고개를 끄덕인다.

"종희도 보고 싶고, 네가 만들어주는 단팥빵도 먹고 싶네."

초희에게 삶은 무언가를 쌓으며 견고해지는 것 같다. 기쁨의 순간을 쌓을 수도 있고, 고난의 서사를 쌓을 수도 있다. 무언가 기억되는 일이 꼭 좋은 것만은 아니다. 지금은 놓는 연습이 필요할 때다. 종희와 함께 '여기'를 떠났던 때를 떠올렸다. 휴가철의 분주함이 지난 후 초희는 종희와 여행을 다녀왔다. 종희가 먼저 떠나고 싶다고, 휴양지에 가고 싶다고 했다.

"지상낙원이라는 괌이나 하와이? 아니면 발리나 몰디브에서 모히토?"

"돈도 시간도 넉넉하지 않아."

"그럼 샹그릴라? 티베트의 조용한 이상향이라는?"

초희는 그즈음 샹그릴라를 지상낙원으로 그린 소설을 읽었다. 그 후 이상향을 가리키는 티베트의 마을이 궁금했다. 영원한 젊음을 누릴 수 있는 소설 속 마을은 인간이 겪는 희로애락과 노화와 죽음까지 벗어날 수 있는 낙원이었다. 죽어서 천국 가길 기다리지 말고 살아서 천국에 가보자고 했다. 그런데 샹그릴라는 없었다. 낙원을 찾아 떠난 여행에서 맞닥뜨린 것은 고산증의 어지러움과 황사, 막 개발되기 시작한 도시의 삭막함과 독재자의 시멘트 동상이 있는 풍경이었다.

소설 속의 샹그릴라는 가상의 마을 이름이었고, 지금 샹그릴라로 불리는 곳은 중국의 티베트족이 사는 한 마을이었다. 관광객 유치를 위해 원래 마을 이름을 버리고 소설 속 낙원인 샹그릴라로 개명을 한 것이었다. 결국 천국은 없었다. 다만 살아 있는 이 순간을, 지금 서 있는 이 자리를 천국으로 만들 수 있을 뿐이었다.

그곳에서 그 계절의 우울에 대해 종희가 털어놓았다.

"그때 만난 그 몸들은 새털처럼 가벼웠어."

평소와 다른 모습이었다. 연일 참사 보도가 이어지고 있던 때였다. 일을 시작한 후 한 번도 후회하지 않았는데, 그때가 가장 힘든 시기였다고 울음을 꾹꾹 누르며 말했다. 평소에는 유족을 위로하는 역할까지 하던 종희가 그날만은 힘들었다고.

"보디백에 들어 있던 친구의 얼굴을 보았어. 고등학교 삼년을 같이 다녀서, 친하지는 않았지만 보면 인사하는 정도의 사이였거든. 그랬던 친구가 자퇴를 했어. 궁금했지만 이내 잊었지."

종희는 사망자의 이름을 확인하면서 어렴풋이 낯익은 이름을 소환해냈고, 그 아이가 그 아이인 줄은 이름과 얼굴을 보면서 확인할 수 있었다.

"빨리 겨울이 왔으면 좋겠어. 여름은 살아 있을 때 인간이 가장 가벼워지는 계절이지만 마지막 순간에는 가장 무거운 계절이거든."

여행 말미에 종희는 말했다. 초희는 언젠가 본 신문 기사를 떠올렸다. 무더운 온도가 가져다주는 잔인한 생명의 열기에 대해서.

"겨울은 냉기가 모든 독기를 빼주지. 그래서 겨울이 좋아."

초희는 종희와 함께 샹그릴라의 사원에 올라가, 멀리 보이는 호수를 내려다보았다. 후회하지 않느냐는 초희의 물음에 종희는 두 팔을 하늘을 향해 뻗고 말했다.

"나쁘지 않아. 마음에 눌러두었던 미움이 좀 사라졌어. 살아서 어떤 삶을 살았든 다들 열심히 살아가는 과정이었을 테니까. 인간으로서 끝까지 살아내는 그 시간은 소중하잖아. 마지막이라는 건 많은 것을 용서하고 포용하는 시간을 선물해줘. 그 시간에 함께할 수 있어서 좋아. 내 마지막을 어떻게 정갈하게 보낼지 예습하는 시간이기도 하고."

"그래, 살아 있는 우리한테도 잘하자."

초희와 종희는 마주 보며 웃었다.

초희는 야간 근무를 마치고 아침에 퇴근하자마자 집으로 가는 비행기표를 예약하고, 곧장 요가원으로 향한다. 며칠 전만 해도 폭우가 쏟아졌다. 가을이 성큼 다가오고 있다. 비둘기 한 마리가 나뭇가지에 올라가 앉자, 나뭇잎이 흔들렸다. 초희는 텀블러에 담아 온 라임 차를 마셨다.

어제는 역내 사무실에 한 손님이 찾아왔다. 아기 띠를 한 여자와 남자가 꽃과 간식 바구니를 챙겨 왔다. 일 년 전 역 구내에서 출산을 한 부부였다. 예정일을 한 달이나 앞두고 양수가 터져 준비가 안 되어 있었다. 급박한 순간, 과장과 초희가 의료 경험 있는 승객의 도움으로 함께 아기를 받아냈다. 아기를 안았을 때의 뜨거운 온기를 지금도 초희의 손은 기억하고 있다. 삶을 시작하는 열기였다.

영수는 다시 일을 시작했다. 또, 시험 준비를 하고 있다. 무슨 시험인지는 가르쳐주지 않았다. 기다려달라고 한다. 갑자기 왜 시험 준비냐고 초희가 물었다.

"목표가 있다는 건 잘살아보겠다는 의지의 표현이잖아."

초희는 자신의 목표에 대해 생각한다. 내년에 있을 기관사 시험이 목표가 될 수 있을까? 숲세권의 집이 목표가 될 수 있을까? 얼마 전, 공제조합에 매달 들어간 금액과 종희의 적금으로 청약을 넣었다. 스무 평의 숲세권이다. 주변의 아파트와 빌라를 검색해 정보를 찾아보았다. 작은 창 너머로 고라니가 거니는 사진을 보았다. 오리나 토끼도 가끔 보인다고 했다. 도심에서 벗어나 있고, 역세권이 아니어서 청약률이 높지 않았다. 운이 좋으면 종희와 함께 머물 수 있는 공간이 생긴다. 베란다에서 숲을 바라보며 소보로 단팥빵과 라임 차를 즐길 수 있다. 그곳에서 숲을 바라보며 나무 자세를 할 수도 있다.

싯푸른 소나무 위로 구름이 선명하다. 구름은 가만히 있는 것처럼 보이지만 멈추어 있지 않고 어디론가 부지런히 가고 있다. 초희는 쭉쭉 뻗은 소나무처럼 팔을 뻗었다. 깍지 낀 두 손이 하늘을 향해 뻗어나가고, 두 다리는 튼튼하게 황토를 받치고 몸통을 견고하게 잡아주었다. 정수리에 가을의 햇살이 내려앉았다. 몸 안으로 나무의 향기와 풀 향기가 배어 들어와 팔다리가 나무가 되고, 뿌리가 되는 것 같았다. 이십대를 지나면서 몸통이 굵어지고, 다리가 단단하게 땅에 고정되는 느낌이다. 시간의 나이테가 하나 더 동심원을 그리며 단단해지는 시간이다. 기분 좋은 라임 향을 떠올리며 초희는 얼른 겨울이 오기를 기다린다.

벌레의 시간

귀에서 시계 초침 소리가 울리기 시작한다. 이명이 시작된 건 얼마 전이다. 귀에서 벌 소리가 붕붕 울리기도 하고, 모기의 왱왱거리는 소리가 나기도 했다. 최근에는 초침처럼 째깍째깍 규칙적인 소리가 났다. 그 소리는 간격이 점점 더 짧아진다. 착, 착, 착, 착, 탄력 있게 감기는 소리는 어디론가 떠밀려가는 발소리처럼 들린다. 몸은 내 의지와 다른 방향으로 밀리다 누군가의 발에 걸려 넘어진다. 착, 착, 착, 착, 인두 같은 발자국을 몸 위에 남기며 소리는 멀어져간다. 테이블이 바닥을 긁는다. 눈을 뜬다. 기면증 같은 멍한 상태에서 얼마나 많은 시간이 흘렀는지 모른다. 요즘 자주 생기는 증상이다. 커피를 한 모금 마시고, 마우스를 움직여 하얀 이력서 칸에 커서를 댄다. 지원 부서를 묻는 칸이다. 기획팀, 인사팀, 재무팀, 부동산팀, 이 중에서 정말 나를 필요로 하는 곳은 어디일까. 내가 가고 싶은 곳은 중요하지 않다. 내가 왜 그곳에 있어야 하는지 거짓말해야 한다. 한 달 살 수 있는 집값과 식비를 해결해준다면 나의 능력과 나의 시간을 기꺼이 대여할 준비가 되어 있다. 끝내 어떤 칸에도 체크하지 못한다. 이력서의 경력 칸으로 넘어간다. 나도 모르게 다시 탄식의 신음을 뱉어낸다. 마우스를 놓고 주먹으로 테이블을 성마르게 두드린다. 정말 부수고 싶은 것은 내 머리다. 미리 알았다면, 미리 알았더라면.

몇 달 전 관광통역 안내사 인턴 과정을 진행하다 2개월 만에 그만두었다. 함께 인턴 과정을 밟던 사람들은 서른아홉 살 싱글의 사생활을 매우 궁금해했다. 어디 살아요? 혼자 살아요? 남자 친구 있어요? 남자 친구는 뭐 해요? 부모님의 직업과 안부까지 걱정해주는 그들. 결혼은요? 남자 친구 있어요? 출산은요? '결남출'로 불리는 면접 3종 세트와 다르지 않았다. 그들의 호기심은 늘 '실례지만'이라는 포석을 먼저 깔았기에 나의 불쾌감과 자괴감은 정당하지 않은 것이 되었고, 스스로를 예민하고 사회성 없는 사람이라고 자책하게 만들었다. 내 정당한 감정이 단지 모태솔로의 히스테리로 받아들여져서는 안 되었다. 설사 인턴 과정을 무사히 마치고 일을 시작한다 해도 그들의 잔인한 호기심을 피할 수 없을 거라고 생각했다. 결혼, 남자 친구, 출산 계획 등 마주치기 싫은 질문, 해답을 모르는 질문에서 도망쳤다. 지금 그것을 후회하고 있다. 그 인턴 과정 3개월이 공무원 경력으로 인정된다는 것을 이번 공채 이력서를 쓰면서 처음 알았다. 지금 내게 절실하게 필요한 것은 경력 칸을 메울 수 있는 이력 한 줄이다. 마지막 한 달을 채우지 못해 그 기회를 날린 것이다. 그때는 몰랐다. 3개월은 되고, 2개월은 안 된다는 것을. 그 한 달이 내 인생을 바꿀 수도 있다는 것을. 엄마의 말이 떠오른다. 지금 당장은 필요 없다고 생각하는 게 사다리가 될 수 있어. 엄마가 등장하는 타이밍은 늘 이런 때다.

핸드폰이 테이블 위에서 부르르 떨기 시작한다. 집주인의 전화번호다. 한참을 울리던 진동이 멈추고 문자가 온다. 어제와 똑같은 메시지다. 나는 답장을 보낸다. 일주일을 다시 유예시켰다. 이제껏 금전 약속만큼은 지키고 싶었다. 그 약속이 내 의지와 무관하게 파기될지도 모른다. 아직도 세상을 모른다. 내가 왜 여기 있는지. 지금 내가 모르고 있는 것이 또 무엇인지. 십육 년 이상을 공부에 매달리고, 수십 장의 이력서를 썼다. 그런데도 내 입으로 들어가는 삼시 세끼와 알량한 방 한 칸을 혼자서 해결하지 못해 전전긍긍한다. 공부에 모든 것을 걸었던 과거는 내게 어떤 시간이었을까.

의자 끄는 소리와 함께 왼쪽 옆 테이블에 네 명의 젊은 남자들이 자리를 잡는다. 검정 패딩, 검정 후드 점퍼, 검정 사파리 점퍼, 검정 블레이저를 입은 그들은 저승사자 무리처럼 들어와 신경질적으로 가방을 던져 놓는다. 그들의 우렁우렁한 목소리는 조용한 카페를 일순 긴장시킨다. 손님들은 한 번씩 고개를 들고 소리의 진원지를 찾는다. 네 명의 남자들을 보고 다시 고개를 숙인다. 좋든 싫든 세상의 이목을 받는 이십 대 남자들이 갖는 에너지의 파장이 느껴진다. 무한한 가능성과, 가지지 못한 기회에 대한 분노와, 불안감을 품은 패기와, 불온한 저항의 기운이다. 마지막으로 자리에 앉는 검정 후드와 눈이 마주친다. 그의 눈썹이 잠시 올라갔다 내려온다. 나는 무의식중에 고개를 숙인다.

그들의 소음을 뒤로하며 다시 이력서를 쓴다. 이력서에 써넣을 수 있는 한 칸이 절박하다. 텅 빈 칸을 내려다보다 다시 주먹으로 테이블을 두드린다. S건설에서 통역사로 일하다 사직서를 내야 했을 때만 해도 이렇게까지 내몰릴 거라고 생각하지 못했다. 언제라도 소모품으로 전락할 수 있는 세상이라는 것을 알면서도 내 능력과 노력을 과신했다. 한 달이 지나지 않아 불안과 우울, 자괴감과 후회가 밀려들었다. 그 후, 할 수 있는 모든 곳에 입사지원서를 넣었다. 벼랑으로 내몰린 기분이었다. 전문통역사라는 자부심은 사라졌다. 무언가 하고 있지 않으면 불안했다. 계약직으로 연말까지 통역을 담당하기로 했던 회사와는 조만간 결별할 것이다. 담당자인 Q는 끝내 오만하고 위압적인 태도를 고치지 않았다.

가늘게 떨리는 파장이 느껴진다. 말벌 한 마리가 창 앞에서 제자리를 뱅글뱅글 돌고 있다. 말벌은 부유하다 가끔 창에 가 부딪는다. 크리스마스 이벤트 음료인 딸기 프라푸치노의 시럽 냄새에 끌려 들어왔는지도 모른다. 빛에 투영되어 반짝이는 유리창에 손을 갖다 댄다. 투명하지만 차갑고 딱딱하다. 내 방의 창문 사이에서도 가끔 말벌은 발견된다. 방충망과 창문 사이에 갇힌 벌은 자신이 들어왔던 구멍을 찾지 못하고, 끝내 그곳에서 주검으로 발견되기도 한다.

카톡이 울린다. 전화번호를 지웠는데도 카톡은 용케 가족을 연결해 곤혹스럽게 만든다. 왜 요새 것들은 해보지도 않고 힘들다고 지랄하면서 우릴 무시하는 거냐. 아버지의 목소리가 쩌렁쩌렁 울리는 것 같다. 카톡을 무음으로 돌린다. 잠시 후 익숙한 전화벨이 울린다. 휴대폰 속에서 들려오는 윤주의 목소리는 고음으로 경쾌하다.

"나 이제 서울 들어갈 거야. 오늘 일 하나 더 얻었어. 그것도 강남. 이젠 차 할부금 걱정 안 해도 돼. 끝나면 전화할게. 근사하게 송년회 해야지."

"고액 스터디 하더니 이제 잘 풀리려나 보다. 잘 챙겨 먹고 다녀. 지난번에도 많이 힘들어했잖아."

"그땐 멀어서 그랬지. 여긴 괜찮을 거야. 집에서 멀지도 않아."

순간 윤주의 월셋집이 떠오른다. 끝자락이지만 서울에 있고 방도 두 개다. 갑자기 머릿속이 밝아진다.

"그런데 너 혹시……"

"뭐?"

"으음. 아니야. 지난번 책장 있던 방 정리한다더니 끝냈니?"

"버릴 거 버리고 나니 아주 깔끔해졌어. 침대 하나 더 놔도 되는 공간이 생겼어."

"그럼 세입자 들여도 되겠네."

"그러면 나 월세 집주인 되는 거야? 그런데 누가 방 구해?"

"아니…… 그런데 지난번 윗집 남자 때문에 무섭다고 하더니 괜찮은 거야?"

"지금은 잠잠해졌어. 스프레이와 경보기도 샀어. 좀 있다 봐."

윤주는 특유의 쾌활한 웃음소리를 남기고 전화를 끊는다. 돌아갈 집이 있는 윤주의 자신감은 착하지만 든든한 부모에게서 나오는 것일까.

윤주를 만난 것은 영어 프리토킹 카페에서였다.

"내 인생은 빚으로 쌓아 올린 탑이야."

윤주의 무게감 없는 말투와 태도 때문에 대수롭지 않게 받아들였다. 그 후 알게 된 그녀의 재정 상태는 생각한 것보다 심각했다. 윤주의 인생은 대출금으로 만들어진 탑이었다.

"우리 부모는 꿈이 없어. 무능한 부모와 같이 있으면 나도 그렇게 될 것 같아 무서워서 도망쳤어. 티끌 모아 태산이라니, 그건 우리 부모 세대에나 가능한 소리지."

가난으로 인해 친척들에게 무시당하고 살았다는 윤주는 고등학교 졸업하고 취업하기를 바라는 부모의 기대와는 달리 대학을 선택했다.

"내가 왜 남동생 뒷바라지해야 해? 내 인생은 뭔데? 나도 공부하고 싶고, 날 무시했던 친척들 보란 듯이 성공하고 싶어."

윤주는 학자금 대출을 받고 아르바이트를 했다. 대학을 졸업했지만, 취업은 되지 않았다. 일의 특성상 더 많은 교육과 경력이 필요했다. 결국, 대학원까지 졸업하고서야 일을 시작할 수 있었다. 이후에도 교육방법과 방향은 나날이 진화하였다. 학자금을 절반 정도 갚았을 때 더 높은 수준의 전공 능력과 외국에서 들여온 최신의 교육방법을 배우기 위해 고액의 스터디를 시작했다. 그 후부터 윤주의 대출금은 좀처럼 줄지 않았다. 수입을 한 푼도 쓰지 않고 갚아나간다면 이삼 년 안에 갚을 수 있을 것이다. 그건 불가능한 일이다. 더구나 윤주라면.

윤주는 남에게 무시당하지 않기 위해 백화점의 캐시미어 롱코트를 입어야 했고, 에르메스 스카프의 A급 가품을 목에 둘러야 했다. 얼마 전 차도 하이브리드로 바꿨다. "어떻게?" 윤주의 사정을 아는 나는 놀라서 물었다.

"보조금이 차 값의 3분의 1이야. 나머지는 삼 년 상환 조건 할부."

윤주는 스카프의 오렌지색 로고를 톡톡 건드리며 말을 이었다.

"지금 네 표정 어떤지 알아? 넌 모든 걸 너무 심각하게 받아들이는 것 같아. 난 내 일을 정말 사랑해. 그리고 아이들도 사랑해. 일을 하다 보면 과연 내가 잘하고 있는 건지 모를 때가 많아. 아이들은 집중력도 없고, 금세 딴짓해서 날 골탕 먹여. 조금만 신경 쓰면 되는데 그게 안 되는 아이들이거든. 좋아지는 게 눈에 띄게 드러나는 일도 아니고, 내 피 같은 시간과 노력이 쓸모없는 일에 낭비되고 있는 건 아닌지 힘이 빠지기도 해. 그래도 아이들과 있으면 기분이 좋아져. 내가 버티고 있는 이유야. 이삼 년만 고생하면 될 거야. 나 아직 건강하잖아."

윤주는 말했다.

인생은 어쩌면 태어나서부터 빚의 탑으로 시작되었는지도 모른다. 살아 있다면 갚을 수 있을 것이다. 아니 아프지 않다면, 그래서 일을 계속할 수 있다면.

"할부 아닌 인생은 없을까?"

내 말에 윤주는 한숨을 쉬었다.

"우린 스물다섯 살부터 그 할부를 복리로 갚아나가고 있는 거야."

그렇다면 나 역시 이십오 년에서 십사 년을 더 살았다. 십

사 년만큼의 속도에 비례하여 세포는 삭아가고, 그만큼 내 인생도 빠르게 마모되고 있을 것이다.

"그러면 죽음도 할부가 돼야 공평하지."

나는 말했다.

"우린 태어나는 그 순간부터 머릿속에서 태엽이 돌아가고 있어. 그런데 그 시계는 나이가 들수록 빨리 가는 거야. 그러니 우린 이미 죽음을 할부로 갖고 있는 거야. 아니면 살아갈 시간을 리볼빙으로 조금씩 앞당겨 쓰고 있는 거든지."

윤주가 고개를 저었다.

"어쨌든 그 시간이 오래오래 유예되었으면 좋겠어. 아직 하고 싶은 게 너무 많거든."

윤주는 여전히 긍정적이었다. 지금도 윤주는 집중력이 떨어지는 아이들에게 제 목숨과도 같은 시간을 내주고 있다. 나역시 살아남기 위해서 내 목숨의 일부를 바쳐서라도 다시 직장을 구해야 한다. Q의 갑질에서 벗어나기 위해, 맘 편히 발뻗고 누울 방 한 칸을 위해, 타인에게 무시당하지 않기 위해, 가난의 비교 대상이 되지 않기 위해.

Q는 내가 S건설에서 일하고 있을 때 만난 거래처 직원이었다. 그때 우리는 연인은 아니었지만, 반말로 농담을 주고받을 수 있을 정도의 사이였다. 나이도 비슷했고 취향도 비슷했다. 함께 영화를 보고, 바다를 보고, 밥도 같이 먹었다. 좋은 감정

은 있었지만 좋은 남자 사람 이상은 아니었다. 같이 술 마시며 꽤 오랫동안 마음을 터놓는 친구로 지냈다. 그는 새로 만나기 시작한 여자 친구를 내게 소개해주기도 했다.

내가 S건설에서 퇴사한 후 만난 Q는 달랐다. 그는 더 이상 내게 반말을 하지 않았다. 엄밀히 말하면 S건설은 대기업 계열회사였고, Q의 회사는 거래처라고는 하지만 하청과도 같은 위치였다. 그래서였을까, 그가 내게 일을 의뢰하기 위해 다시 전화를 했을 때, 그 전과는 다른 태도를 보였다. 업무 관련 이야기만 했고, 그마저도 존칭어를 쓰며 딱딱하고 간결하게 전달했다.

"갑자기 불편하게 왜 그래……요? 전처럼 편하게 하면 안 될까……요?"

그는 대답 대신 회사에서 요구하는 사항만 이야기했고, 끝내 말을 놓지 않았다. 퇴사한 나는 프리랜서였고, 그것은 끈 떨어진 연과 같다는 걸 그때서야 깨달았다.

사실 S건설에서 일할 때도 계약직이긴 했다. 회사에서는 통번역자를 정규직으로 뽑지 않았다. 어느 날 나보다 세 살 적은, 오너의 아들이 사장 직함을 달았다. 직원보다 젊은 오너는 존재만으로도 위협적이었다. 더 이상 출근하지 않아도 되는 상황이 생각보다 빨리 찾아왔다. '민하 씨 후임으로 어린애가 왔어. 도무지 말귀를 못 알아듣네. 요새 애들 왜 그래? 민하 씨 있을 때가 좋았지.' Q가 마지막으로 내게 보낸 카톡이었다.

퇴사 후 구직 활동을 하면서 실업급여를 신청했다. 월급의 3분의 1밖에 되지 않았다. 얼마나 오래 버틸 수 있을지 몰랐기에 최대한 아껴 썼다. 그즈음 유학 동기들도 대부분 중소기업이나 학원으로 자리를 옮겼다. 회사가 작을수록 주 업무 외에 처리해야 하는 잡무가 많았다. 상사가 명령한다면 거부할 수 있을까. 더구나 추근거리는 남자 상사를 요령 있게 쳐내는 법까지 다시 배워야 했다. 자신이 없었다. 마지막 남은 희망으로 이런저런 공기업 채용 행사에 참여했고, 이력서를 보냈다. 오라는 데는 아무 데도 없었다. 그즈음 Q에게서 연락이 왔다. 그런데 일은 엉뚱한 곳으로 흘러갔다.

처음에는 Q의 회사 거래처에서 보내온 문서를 번역하고, 서류를 작성하여 거래처로 보내는 통상적인 업무를 했다. 어느 날, Q는 중국 쪽 거래처 고객의 명단과 그들의 인적사항 및 특이사항을 그쪽 루트를 통해 알아내 전달해달라고 했다. 예정에 없던 일이었다. 자료 번역이나 회의 및 수행 통역이 통역사의 주된 업무였다. 그런데 Q는 상급자처럼 이런저런 사항을 상의 없이 하달했고, 업무 외 사항까지 모두 처리하고 보고해주기를 바랐다.

"이건 계약에 없던 일입니다."

나는 '습니다' 체로 항의했다.

"민하 씨, 사회생활 처음 해봐요? 그리고 이걸 그냥 갖고 오면 어떻게 해요? 보기 쉽게 표로 정리해 다시 갖다주세요."

갈수록 요구사항은 늘어났다.

"이건 약속과 다르지 않습니까?"

그의 태도에 얼굴이 달아올랐다. S건설에 있을 때는 한 번도 내게 그렇게 말하지 않았다. "그렇게 안 봤는데 민하 씨 헛똑똑이군요."

그의 불공정한 요구는 계속되었다.

"이런 잡무를 계속 맡기실 거면 그만두겠습니다."

돈이 문제가 아니라 박살 나고 있던 마음을 살려야 했다.

"그렇게 합시다."

그는 말했다. 며칠 후 Q에게서 다시 전화가 와서 이번 프로젝트는 끝내야 한다고 번복했다. 나 역시 커리어에 오점이 남는 건 싫었기에 응할 수밖에 없었다.

벌써 한 해가 끝나가고 있다. 연말까지 끝낼 수 있으리라 시작한 일이 내년까지 이어질 것 같다. 그동안 부지런히 이력서를 쓰고, 또 Q를 참아야 한다. 이십대에 배낭여행 한번 해보지 못하고 공부한 결과가 여기에 도달하기 위한 것이었다. 그 시간은 어떤 의미였을까.

고등학교를 졸업하면서 독립했다. 문학을 전공하고 싶었지만 당장 먹고사는 것이 문제였기에 중국어를 택했고, 교환학생에 선발되어 중국에 갔고, 어렵게 편입하여 석사까지 마쳤다. 장학금을 받기 위해 공부에 매달렸고, 틈틈이 아르바이트를 했다. 졸업하고 첫 직장을 가졌을 때는 자는 시간을 줄였다. 프리랜서로 번역 일도 병행하며 밤을 새웠다. 처음 직장을 그만두었을 때 죽지 않을 만큼 굶어도 보았다. 실업급여는 티도 없이 줄어들었다. 통장의 잔고가 줄어드는 것이 불안하여 돈을 쓰지 못했다. 죽고 싶었던 것은 아니었으나 밥을 거부했다. 내게 순한 얼굴을 보여주지 않는 삶에 대한 독기였다. 굶은 지 닷새째가 되자 손을 들 힘도 없어졌다. 기다시피 하여 밖으로 나왔다. 눈을 뜨기가 힘들었다. 먹을 것을 찾아 입속으로 욱여넣었다. 독기마저 빼버릴 만큼의 굶주림 앞에 굴복했다. 그때부터인가 낭비는 최대의 악덕이 되었다. 한계 효용의 법칙에 딱 맞추기 위해 내 욕망과 주머니의 무게와 허기의 정도를 정밀한 저울로 재고 균형을 맞추며 살았다. 내 시간과 젊음과 건강한 육체를 담보로 밥벌이를 해야 하는 인생은 지금까지 달라지지 않았다.

그동안 여러 번의 이사를 했다. 지금 살고 있는 집은 처음 이사 올 때만 해도 하루에 두어 시간은 해를 볼 수 있었다. 앞에 있던 공터가, 공사를 시작하면서 금세 이층이 되고, 그 이층이 삼층이 되고, 사층이 되고, 순식간에 십이층이 되었다. 한낮이 되어서야 한 시간 정도 빛이 들다 사라졌다. 이제 그 방마저도 호사로운 곳이 될 것이다. 언제든 돌아갈 수 있는 집이나, 반기는 가족은 내가 가질 수 없는 몫이다. 가난하고 무능하다지만 언제든 돌아갈 곳이 있는 윤주가 부러운 까닭이다.

언젠가 Q가 물었다.

"4B라고 들어봤어요?"

한때 친구들 사이에 유행하던 말이었다.

"난 안정감 가지고 살고 싶어요. 남들 하는 것처럼 결혼도 하고, 아이도 키우면서. 가능할까요? 요즘 여자들 연애도 싫다, 결혼해서 아이 낳는 것까지 거부하다니 너무 이기적이에요. 그러면서 뮤지컬이나 콘서트 보러 가면 모두 골드미스들인 거 알죠?"

그 말에 아무런 대꾸도 할 수 없었다. 한때 나 역시 골드미스라고 불린 적이 있었다. 이제는 먼 과거 이야기다. 카페 오는 것조차 사치가 되었다. 오늘은 Q가 약속 장소를 이곳으로 잡았다. 출판사에 다니는 후배를 소개해준다고 했다. 후배가 중국 쪽 출판을 맡아서 하는데, 메인 번역가가 필요하다고 했다. 지난번 북경 출장 갔다가 제때 돌아오지 못한 것이 미안하긴 했던 모양이다. 중국 출판계와 연결만 된다면 먹고사는 문제는 해결된다고 들었던 터라 Q의 제안이 반가웠다.

한 달 전, 다섯 군데 이력서를 냈다. 한 군데에서 연락이 왔다. 1차 서류 전형이 통과되어서 2차 면접을 보러 오라는 통지를 받은 날 오랜만에 삼겹살을 사다가 윤주와 홈 파티를 했다. 면접을 앞두고 Q에게서 연락이 왔다. 오너와 대동하기로 했던 외부 통역자가 장염으로 입원을 해 북경 일정에 차질이 생겼다고 했다.

"날 구해줄 사람은 민하 씨밖에 없어요. 이번 계약 잘못되면 민하 씨와 일하는 것도 마지막입니다. 그러니 한 번만 도와주십시오."

면접을 하루 앞둔 날이라 힘들겠다고 했지만, 당일 밤 비행기로 돌아온다고 Q는 단단히 약속했다. 정규 직원으로 추천하겠다는 그의 말을 믿었는지도 모른다. Q의 회사가 직원 대우 측면에서는 그리 나쁘지 않다는 것도 알고 있었다.

동행했던 오너는 내가 생각한 이상으로 매너 있게 행동하여, 북경에서는 모든 일이 순조로웠다. 정식으로 중국계 회사와 손을 잡게 되었고, 파티의 내빈으로 초청받기도 했다. 대가는 혹독했다. 그날 늦은 밤 출발한 비행기는 기상 악화로 다시 북경으로 돌아갔다. 승무원에게 물어보았지만 아침이 되면 기상이 좋아진다는 소식만 되풀이해 전해주었다. 태풍은 좀처럼 수그러들지 않았다. 면접 날 아침 비행기를 탔지만, 그동안 뜨지 못한 비행기들의 연착으로 제시간보다 훨씬 늦은 시간에야 서울에 도착했다. 기내에서 탈진 증세로 쓰러졌다. 서울에 도착하긴 했지만 앰뷸런스에 실려 곧장 병원으로 가야 했다. 다음 날 Q는 미안하다고 병실로 찾아와 사과했다. 내 처지를 누구보다 잘 알고 있던 터라 더는 할 말이 없을 터였다. 그리고 오늘 자리를 마련했다. 중국 쪽 출판계에 어떤 식으로든 연결을 해주겠다는 의지였다.

　문자 메시지 알림이 뜬다. Q다. '미안해요, 민하 씨. 연말이라 그런지 차가 많이 막히네요. 좀 늦겠어요.' 그때 바닥을 긁는 소리와 함께 테이블이 휘청 흔들리며 머그잔이 넘어진다. 옆 테이블의 의자가 뒤로 밀려 내가 앉은 테이블에 부딪힌다. 컵은 굴러 테이블 끝에 매달린다. 바닥에 떨어져 깨지지 않은 것이 다행이다. 커피가 흘러내려 소매를 적시고 테이블 아래로 떨어진다. 데님 스커트로 흘러내리는 커피는 금세 옷과 피부로 파고든다. 나는 벌떡 일어선다. 흥분한 채 일어서 있던 검정 후드는 놀란 표정은커녕 나를 향해 노려본다. 별것도 아닌 일에 호들갑스럽게 굴어 사람 창피하게 만든다는 분노의 표정이다. 그 서슬에 눈을 피한다. 옆에 앉아 있던 검정 블레이저가 오히려 놀라 탁자에 흐른 커피를 닦아내고, 냅킨을 건넨다. 내가 무릎과 스커트의 물기를 닦고 있을 때, 검정 후드는 조심성 없이 팔을 휘두르며 테이블 옆을 지나간다. 화가 가시지 않은 듯 숨소리가 거칠다. 그의 투박하고 검붉은 손등이 붕대로 감겨 있다. 술 냄새가 난다. 잠시 후 블레이저가 아메리카노 한 잔을 가져와 미안하다고 대신 사과한다.
　카페에는 과제를 하는 대학생과, 스터디를 하는 중고생들, 과외를 받는 초등학생들이 그룹을 형성하고 있다. 아이들은 조잘조잘 떠들고, 과외받는 학생들은 어려운 문제 앞에서 곤란한 표정을 숨기지 않고, 대학생들은 공부하는 사이사이 달콤한 시선을 교환한다. 저들의 눈에 비친 세상은 아직도 공평하고 정의로울까. 내가 살면서 배운 것은 세상의 비정함과 불공정이다. 특히 북경에 있는 십 년 동안 배운 것은 삶과 죽음에 대한 가치다. 교환학생 시절, 기숙사 룸메이트가 의대 옥상에서 뛰어내린 일이 있었다. 의대 다니던 연인과의 결별을 비관한 결과였다. 며칠 동안 밥을 먹을 수 없었다. 같은 과 친구들은 관심 가지지 않았다. 나 역시 시간이 지나면서 그런 일을 흔하게 보았다. 돌아와보니 우리나라도 다르지 않았다. 인간으로서의 최소한의 권리가 지켜지지 않는 곳에서 인격이나 배려, 존중 같은 가치는 사치였다. 유튜브에서 신자본주의 시대에 가난은 명백한 죄라고 하며 투자 광고를 했다. 생명과 돈이 저울질되었고, 돈의 무게는 무소불위였다. 신문에서는 연일 노동자의 죽음을 떠들었지만 바뀌는 것은 없었다. 내가 잘못한 것은 무엇일까 생각했지만, 해답을 찾아내지 못했다. 무슨 죄를 지었는지도 모르는 죄인이 있을까. 죄는 분명히 과정이 있어야 하는데 결과만으로 죄가 가능할까.

영어 토킹 카페에서 만난 윤주도 그랬다.

"어릴 때 동네에 있던 큰집에 자주 놀러갔어. 내 또래 사촌이 있었거든. 큰엄마는 설거지를 도와달라고 하며 천 원을 줬어. 난 그게 신나서 매일 큰집에 갔어. 나중에서야 그게 수치스러운 일이라는 걸 알고, 그 집과 인연을 끊었어. 말리지 않은 부모가 더 원망스러웠어. 가난은 인간이 비굴해지는 것조차 못 느끼게 만들어. 그리고 가난에 적응하게 되면 가난에 대해 더 이상 생각을 못하게 돼. 그저 하루하루 살아남기 위해 임기응변으로 적응할 뿐이야. 그러다 시간이 지나면 다른 사람들의 행복을 빛나게 해줄 비교 대상으로 전락하는 거지. 누구에게도 나의 가난을 알리지 말라. 가난한 내 인생에서 지켜야 하는 한 가지야. 내가 가난하다는 것을 아는 순간 난 그들의 구경거리가 될 뿐이거든."

가난이든 결핍이든 없는 것들은, 있는 것마저 빼앗아갔다. 버스를 타면 갈 수 있는 거리를 걸어서 가야 했고, 택시를 타면 갈 수 있는 거리를 버스를 이용했다. 시간이 돈 대신 지불되었고, 그만큼 잠을 줄여야 했다. 내 생각은 점점 더 고립되었다. 더 나아가 욕망과 정열, 이성과 감성을 마비시켰고 세상을 보는 눈과 인생에 대한 큰 그림을 그릴 수 있는 통찰력을 마비시켰다. 나중에는 네발짐승과 인간이 무엇이 다를까 생각했다. 그래서 이력서를 쓴다. 온전히 두 발로 직립하는 인간으로 살아 있기 위해.

모니터 속 하얀 빈칸이 눈을 찌른다. 이력서의 자격증란에 내 영어 능력을 증명할 수 있는 토익이나 아이엘츠, 혹은 오픽 같은 시험 점수를 써넣어야 한다. 이제 중국어 하나만으로는 원하는 곳에 갈 수 없다. 중국어와 영어를 동시에 통역할 수 있다면 가능성이 있다. 한 사람의 인건비로 두 사람의 몫을 하는, 시대가 원하는 '일타쌍피'의 가성비 인재가 되어야 한다. 아직은 빈칸이다. '수포는 대포요 영포는 인포니라.' 고등학교 때 들었지만 지금도 유효한 말이다. 영어를 포기하는 건 인생을 포기하는 거라는 말이 그때는 와닿지 않았다. 영어를 포기하지 않았어도 인생을 포기하고 싶어지는 건 왜일까. 토익 점수가 좋다고 회화가 느는 것도 아니었다.

한 달 전 고가의 스피킹 학원에 등록했다. 학원비가 실업급여와 맞먹었다. 며칠을 고민했다. 시간이 더 급했다. 그동안 유튜브를 보며 미드 쉐도잉을 했다. 스터디도 하고, 프리토킹 카페에도 다녔다. 그곳 역시 빈익빈 부익부였다. 원어민 한 사람에 대여섯 명의 한국인이 둘러싸고 있는 형태였다. 영어를 유창하게 하는 한 사람이 원어민을 독식했다. 결국 학원에 등록했다. 레벨 테스트에서 중급을 받았다. 첫 시간 미친 듯이 강사의 발음을 흉내 내고, 모니터에서 나오는 두세 줄의 긴 문장을 큰 소리로 따라 했다. 강사는 문장을 해석하려 들지 말라고 했다. 속도가 너무 빨라 발음은 뭉개졌고, 문장의 뜻도 알지 못한 채 웅얼거렸다. 다른 수강생들 역시 우왕좌왕 따라 했다. 그것은 소통해야 할 언어가 아닌 단지 살아 있는 생물의 성대에서 흘러나오는 외계의 소리였다. 웅웅웅웅, 월월월월, 왕왕왕왕. 그 소리는 목적지를 모르고 우왕좌왕하는 벌 떼 같기도 했고, 어두운 산속에 버려져 구조를 요청하는 개의 하울링 같기도 했다.

"문장의 이해가 중요한 것이 아니라 똑같이 소리를 낼 수 있는 능력이 더 중요해요. 고급반으로 빨리 가는 사람의 유형은 두 가지입니다. 연극을 했던 사람이거나 노래를 잘 부르는 사람입니다. 무슨 말인지 알겠죠?"

그래서 오늘 아침에도 개처럼 영어로 짖었다.

어제 오후 문자를 받은 후부터 아무것도 먹을 수 없다. 최악의 경우를 대비하기 위해, 국비로 기술을 배울 수 있는 곳에 접수했다가 떨어졌다는 소식을 들었다. 오래전 엄마의 말에 의하면, 내가 당한 일은 내 운명이 불러들인 일이라 했다. 두번째 회사에 첫 출근하던 날 불법 유턴을 하던 차가 내 옆구리를 들이받았다. 수술을 마치고 퇴원했을 때, 처음으로 엄마는 내 반지하 원룸으로 찾아왔다. 꼼짝 못하고 누워 있는 내 어깨를 야멸차게 때리며 자신의 인생을 한탄했다. 엄마에게 비굴하게 맞췄더라면 건물주인 엄마에게서 나오는 부스러기 같은 재산으로 편하게 살 수 있었을까. 그때가 내 인생의 바닥이라고 생각했다. 지금 같은 지하실이 기다리고 있을 줄 몰랐던 때다. '그만 끝장내 버릴까', 라고 SNS에 올리면 댓글이 두 종류로 달렸다. 아직 고생을 덜 했다, 아니면 안타깝다, 힘내라. 둘 다 내가 듣고 싶은 말은 아니었다. 차라리 죽어,

라고 한 댓글과 그 댓글에 달린 '좋아요'의 숫자가 오기를 불러일으켰다. 몸이 회복되는 데 일 년이 걸렸다. 그사이 통장은 바닥이 났다.

'반지하'에서 지하실로 내려왔다. 그런데도 직원을 노예처럼 부리는 5인 이하의 사무실도, 폐강의 위험까지 안는 시급만 원대의 학원 강사도 두려웠다. 친구들은 '호강에 겨워 요강에 똥 싸는' 소리라고 했다. 동기들 역시 강사도 하고, 번역도 하고, 통역도 하고, 닥치는 대로 부딪치고 있다. 나 역시 하고 싶지 않아도 곧 그렇게 될 것이다. 평생직장은 사라졌고, 이직은 불가피하고, 그러므로 십 년 후에도 나는 이력서를 쓰고 있을 것이다.

'자기소개는 짧게, 경력은 최신순으로, 지원 직무와 관련도 높은 성과물에 대해서 쓰고, 자소서는 주장, 사례, 강조라는 원칙에 따라 연역적으로 쓸 것. 인과관계와 논리를 넣어 소설적으로 구성할 것.' 취업 컨설팅에서는 자소서가 아니라 '자소설'을 쓰라고 한다. 내가 지불한 시간보다 더 많은 빚이 나를 짓누른다. 아웃도어 브랜드네임이 찍힌 롱패딩이 앞 테이블 의자에 걸려 있다. 지난번 패딩을 골라 바구니에 넣었다가, 다시 들어가니 솔드아웃이라고 나왔다. 스킨과 로션도 장바구니에 넣어놓고 아직 계산하지 못했다. 가끔 기간 만료로 지워져 있기도 했다. 내게 허용된 시간은 늘 내가 필요로 하는 시간보다 짧다. 이달 말까지 집도 기간 만료다.

홍분한 남자의 목소리가 들려온다. 아까 커피를 쏟았던 검정 후드다.

"……개소리. 다른 데 가면 된다고? 무시가 무시인지 모르고 무시했다고? 벌레 같은 새끼."

다른 목소리가 섞여든다.

"벌레가 별명인데 달리 벌레겠냐? 나보고 막살지 말래. 내가 막사는 것같이 보이냐? 내 이십대는 이미 죽었어. 얼마 전까지만 해도 나자빠진 거북이라 생각하고 열심히 뒤집기만 하면 된다고 생각했는데. 이제 몸이라도 팔아야 하나? 내 각막, 내 신장, 그걸로 얼마나 버티지?"

"그렇게 아등바등 살 필요가 없어. 일찌감치 포기했어. 몸도 마음도 차라리 편해."

갑자기 의자가 바닥을 끄는 소리를 내며 넘어지고, 퍽 소리가 들린다. 검정 패딩이 뒤통수를 감싸 쥔다.

"넌 애초 해보지도 않았잖아. 쟤한테 그런 말 할 자격이 돼? 우린 너 같은 새끼랑 달라. 그리고 돈이나 얼른 갚으라고. 오늘도 그 미친놈 때문에…… 하, 피 보기 전에 나 건드리지 마라."

패딩을 바닥으로 밀치며 일어난 검정 후드는 블레이저의 팔을 뿌리치며, 백팩을 낚아챈다. 백팩은 테이블 모서리를 부딪고 요란한 소리를 낸다. 윙윙윙윙, 이명이 시작된다. 갑자기 검정 후드와 눈이 마주친다. 검정 후드의 눈 속에서 말벌이 날아다닌다. 윙윙윙윙, 붕붕붕붕 날갯짓 소리가 선명하게 들린다. 검정 후드가 주먹으로 테이블을 내리친다. 후드의 눈빛이 광기로 번들거리며 조롱 섞인 질문을 던진다.

"왜요? 왜 그런 눈으로 날 봅니까?"

검정 후드의 커다란 목소리에 카페 손님들의 눈이 그 남자와 나에게로 쏠린다. 나도 모르게 남자의 눈을 가리킨다.

"저기…… 눈 안에 벌레가……"

후드는 하, 비웃음 섞인 감탄사를 내뱉고는 목을 좌우로 꺾고, 손마디를 우두두둑 소리를 내며 꺾는다.

"하, 지금 내가 누구 때문에 쫓겨나 이 지경이 되었는데, 또 나한테 시비냐? 나한테 도대체 다들 왜 그러는 거냐?"

후드가 허리를 굽혀 내 눈을 바라보다, 주먹으로 테이블 모서리를 꾹 누른다. 기우뚱해진 테이블 탓에, 머그잔이 미끄러진다. 심장 박동이 빨라진다.

"또 시작이냐, 누가 쟤한테 술 먹였냐? 아, 씨발."

누군가 소리친다. 후드는 뒤돌아본다.

"나 건드리지 마라. 지금 폭발 직전이다."

검정 후드는 입바람으로 앞머리를 날리고 아랫입술을 꽉 문다.

"좀 봐주세요. 애가 실직한데다 또 소송에도 지고…… 그래서 흥분했나 봅니다."

검정 후드는 블레이저의 손을 뿌리치고 테이블을 밀치고 성큼성큼 밖으로 나간다. 그의 허벅지에 부딪힌 테이블이 다시 바닥을 긁는 소리를 낸다. 커피가 다시 출렁인다. 나는 그의 뒤통수에 대고 소리친다. 야, 이 새끼야, 너만 힘드냐? 나한테 왜 지랄이야. 이 벌레 같은 새끼야. 왈왈왈왈, 컹컹컹컹. 내 안에서 나온 소리에 놀라 눈을 크게 뜨고 입을 막는다. 귀가 먹먹해온다. 사방은 고요하다.

'벌레, 벌레, 벌레, 벌레……' 머릿속에 벌레가 기어든다. 먹고 죽을 돈도 없는 벌레, 돈벌레라도 되고 싶은 벌레다. 벌레는 태어날 때부터 벌레는 아니었다. 부들부들 떨리는 손으로 숄더백에서 빨간 표지의 책을 꺼내 움켜쥔다.

언젠가 윤주가 물은 적이 있다. "힘들고 짜증날 때 뭐 해? 난 쇼핑과 클럽이지만. 고등학교 때부터 클럽 죽순이었어." "넌 흥도 많고 춤도 잘 추니. 그렇다고 꼭 비하하는 말을 쓸 필요는 없잖아." "난 너처럼 고상한 척 못해. 문학 같은 것도 싫어. 학교 다닐 때 국문과 남자와 사귀었는데 금방 헤어졌어. 왜 그렇게 남자가 눈물이 흔해? 도대체 문학 한다는 사람들 왜 그러는데?" 윤주는 물었다. 때로는 할 수 있는 게, 우는 것밖에 없을 때도 있다. 여기 이 빨간 책 속에 우는 사람이 또 있다. 나는 노트북을 덮고 여러 번 읽어서 낡고 커피 얼룩이 있는 얇은 양장본을 편다.

집을 나와 혼자 살 때부터 시를 읽기 시작했다. 분리수거를 위해 재활용 박스를 내놓으러 갔다가 책 더미를 발견했다. 집에서 독립한 후 생존에 필요하지 않은 것에 돈을 지불하는 것에 대해 죄의식이 자라나기 시작하던 때였다. 책도 그중에 하나였다. 폐지함 속에는 경제서와 자기계발서, 소설과 시와 에세이 등 여러 장르의 책들이 섞여 있었다. 시집을 골라 들었다. 가장 짧은 시간에 읽을 수 있는 책이어서였다. 시간은 목숨과 같았다. 보고 싶은 영화도 2배속으로 보았다. 주인공들은 빨리 만났고, 빨리 헤어졌고, 스무 살이었다 금세 백발이 되기도 했다. 한 시간 안에 사건은 벌어졌고 해결되었고, 여러 인생이 순식간에 지나갔다. 그런데도 시간은 나보다 빨리 뛰었다. 감동인지, 슬픔인지 모를 눈물을 흘리며 그 첫번째 시집을 모두 읽고 났을 때, 내 불행을 처음으로 인정할 용기를 얻었다. 뜨거운 냄비처럼 가슴을 달구고 있던 것들에서 슬그머니 독기가 빠져나가는 것이 느껴졌다. 외로울 때, 막막할 때, 누군가에게 하소연하고 싶을 때마다 시집을 읽거나 노트에 꼼꼼히 베껴 썼다.

면접에 가지 못하고, 병원에서 퇴원하던 날도 서점에 들렀다. 서점에서 이 빨간 표지의 시집을 발견했다. 빨간 책 안에는 한 남자가 있었다. 내가 노크하면 우는 남자가 나 대신 울어주었다. 그 남자는 내 마음이 어떠냐고 물어주었고, 그러면 나는 웃음 가면을 벗고, 정직하게 슬프다고 말할 수 있었다.

적막하고 때론 송곳 같은 시어들이 내면에 들어앉을 때 세상이 용서되었다. 외로운 게 나만은 아니라는 생각에서였다.

……날아갈 준비 다 된 내 인생

활주로에서 뒤로 달리게 하지 말고

약 좀 줘, 씨발 놈들아

먹고 죽게 약 좀 줘

아무도 괴롭히지 않고

물이 되어 하수구로 흘러갈게

눈물 한 방울 남기지 않을게……

더 나쁜 약을 줘

진짜 약을 줘

내 청춘 박멸한다*

내게 약을 줘. 내게 약을 줘. 나는 후렴구처럼 반복한다. 왜 Q는 오지 않는가. 내게 약을 줘. 내게 약을 줘. 이미 약속 시간 지나가는데. 내게 약을 줘, 내게 약을 줘…… 박멸박멸박멸박멸…… 내게 방을 줘…… 박멸박멸박멸……

다시 Q의 메시지 알림이 뜬다.

'오늘 무슨 날인가요? 거리 행진하는 사람들이 도로에 가득해요. 집회 같은 거 있었나 봐요. 이제 거의 다 왔어요.'

문자를 보고 있는 사이 전화벨이 울린다. 윤주의 목소리에

---

* 장정일, 「힙합」(『눈 속의 구조대』, 민음사, 2019) 중에서.

물기가 묻어 있다.

"오늘 내가 무슨 일 당했는지 알아? 선생한테 부탁할 걸 부탁해야지. 세상에 어떻게…… 다른 선생 구하라고 했어야 했는데, 말도 못하고. 어쩌다 내 인생이 이렇게 되었지? 내가 이러려고 태어난 건 아니잖아. 나도 참을 만큼 참았어."

초침 소리가 째깍째깍 귓속에서 울려 퍼진다.

"진짜 문제는 그게 아니야. 다섯시까지는 가야 하는데 차가 꼼짝을 안 해. 첫 수업인데 나 어떡해? 다리 하나 건너면 강남인데…… 평일인데, 퇴근 시간도 아닌데. 이러다 진짜 늦는 거 아니겠지? 시간 약속 중요하게 생각한다고 그랬거든. 지난번 선생이 시간 약속 잘 안 지켜서 연장 안 했다 했거든. 그런데 이 많은 사람들은 다 어디로 가고 있는 거지? 이게 별일이 아닌 게 아닌 것 같아. 차 빵빵거리는 소리 들려?"

"응…… 그런데……"

"응, 뭐……?"

"……내가 시장 봐서 집에서 기다릴까?"

"벌써 오고 있는 건 아니겠지, 안 돼. 사실은 지금 남동생이 집에 와 있어. 동생 회사가 부도났어. 다 큰 아들이 집에 있는 게 엄마는 창피하대. 그래서 당분간 우리 집에 있을 거야. 근데, 무슨 일 있어?"

"아니야…… 차 아직도 안 빠져?"

"꼼짝 않고 서 있어. 내가 어디 갇혀 있는 거지?"

윤주의 목소리 뒤로 라디오 소리와 차 소리와 경음기 소리가 아련히 들린다. 그 사이로 창틀 앞에서 앵앵거리며 맴을 도는 말벌의 가냘픈 날갯짓 소리가 확성기처럼 점점 커진다. 붕붕붕붕, 윙윙윙윙. 내가 왜. 내가 왜. 붕붕붕붕, 윙윙윙윙. 말벌은 자신이 왜 여기 갇혔는지 모를 것이다.

"듣고 있어? 나 이러다 첫날부터 해고당하는 거 아냐? 그럼 차 할부금 어떻게 되는 거지?"

다시 말벌이 눈앞에서 맴을 돈다. 손바닥으로 휘휘 젓는다.

그때 입구가 웅성거리기 시작한다. 한 남자가 성큼성큼 걸어오고 있다. 내 테이블을 향해 똑바로. Q가 나를 향해 손을 흔든다. 반가운 마음에 손을 들려고 할 때, Q의 뒤에 선 남자를 본다. 검정 후드다. 한쪽 손에 무언가를 들었다. 손님들의 비명이 터지기 시작한다. Q는 여전히 웃고 있다. 누군가 소리친다. 나는 검정 후드의 번들거리는 눈과 마주친다.

"대답해 봐. 나 좀 살려줘!"

핸드폰 너머에서 윤주의 목소리가 말벌의 날갯짓처럼 가늘게 귓가에서 윙윙거린다. 그 순간에도 째깍째깍 시간은 흐르고 있다. 검정 후드가 Q앞을 지나치고 있다. 후드가 들고 있는 것이 그의 머리 위에서 번쩍 빛을 내는 순간 나는 입을 다물지 못한다. 후드는 제 앞에 있는 모든 것을 치워버릴 것처럼 팔을 휘두른다.

"민하야, 듣고 있어?"

검정 후드의 눈 안에 있는 벌레가 사방으로 퍼진다. 왱왱거리는 소리가 요란하게 사이렌처럼 들린다. 웅웅웅웅, 째깍째깍, 착착착착. 내게 남은 시간은 얼마나 될까. 내일이라는 시간은 언제까지 허락되는 것일까. 겨울이 가기 전에 이 긴 터널은 끝이 날까. 쿵. 충격과 함께 캄캄한 막이 눈앞을 가린다. 말벌도 죽기 전에 자신의 침을 사용하고 죽겠지. 방충망과 창 사이에 갇힌 말벌 곁에는 나방 한 마리도 같이 죽어 있었다.

버터플라이 허그

문이 열린다. 하늘과 바람과 소음이 감각을 마비시킨다. 발 아래 보이는 거라고는 숲과 계곡과 강뿐이다. 지상의 사람들은, 흩어진 점 같다. 머리 위로 케이블카가 장난감처럼 매달려 있다. 나무다리의 가장자리로 한 발자국씩 다가간다. 바람 때문인지 발바닥의 느낌이 출렁인다. 커다란 새 한 마리가 정면으로 날아오다 왼쪽으로 선회해 비켜 간다. 한 발만 더 나가면 공중을 날고 있을 것이다. 머리 위로 헬리콥터가 지나가자 머리카락이 휘날린다. 드디어 다리의 끝까지 왔다. 한 발을 허공에 딛는다. 뒷발을 떼기도 전에 무게 중심이 앞으로 쏠린다. 양발이 허공을 딛자 자이로드롭에서 하강하는 것처럼 심장이 출렁인다. 옷자락이 펄럭이며 강물 위를 날기 시작한다. 5월의 바람이 뺨을 스친다. 지평선 끝으로 넘어가는 해와, 해를 둘러싼 노을이 오렌지색으로 하늘을 물들인다.

경주는 VR 헤드셋을 벗고, 저장된 영상을 돌려보다 양팔을 뻗고 계곡 위를 날고 있는 장면을 캡처하여 사진을 출력한다. 사진 뒷면에 '220520 뉴질랜드 퀸즈타운'이라고 적는다. 미루의 버킷리스트 노트에서 '뉴질랜드에서 번지점프 하기'에 줄을 긋는다. 그 옆에 사진을 붙인다. 다음 행선지를 손가락으로 가리킨다.

5월, 새로 자라난 잎들로 세상이 환하다. 빗방울이 떨어진 초록은 형광색처럼 눈을 빨아들인다. 물방울이 창에 맺히고, 가는 빗줄기가 푸른 잔디 위에 떨어진다. 차는 지하 주차장 안으로 들어간다. 빨간 테슬라 운전석 문을 열고 경주가 명령한다.

"아리야, 휠체어."

차체 위에 매달려 있던 휠체어가 운전석 옆으로 미끄러져 내려온다. 경주는 보조 기둥을 두 손으로 잡고, 휠체어로 옮겨 앉는다. 지상으로 올라가는 엘리베이터 앞에서 휠체어를 멈춘다. 홍채 인식 프로그램이 작동한다. 모바일 앱에서 구층을 터치하자, 엘리베이터 문이 열린다. 둥글게 설계된 헬스케어센터의 엘리베이터 통창 너머로 빗방울이 떨어지는 것이 보인다. 환자들에게 최고의 서비스를 제공하기 위해 첨단 기술이 사용된 복도의 디스플레이는 경주가 지나갈 때마다 사계절이 바뀐다. 벚꽃이 떨어졌다가 낙엽이 지고, 눈이 내렸다가 다시 벚꽃이 떨어진다. 경주는 복도 끝의 901호 문을 연다.

수정은 경주가 들어오자 그제야 잠에서 깨어난다. 밖을 내다보다 눈을 감는다.

"커튼을 쳐줘."

수정의 말에 경주는 모바일 스크린을 터치한다. 비가 오던 창밖이 우주의 밤하늘처럼 작은 별이 박힌 검은 배경으로 바뀐다.

"몸은 좀 어때요?"

수정은 대답 없이 돌아누우며, 간밤에 꾼 꿈을 다시 되새긴다. 삼지창을 든 포세이돈이 커다란 물보라를 일으키며 바다 표면을 뚫고 일어섰다. 영화에서 본 것 같은 근육질의 신이 넘실거리는 은발을 양옆으로 털자 물방울이 민들레 씨앗처럼 바다 위로 떨어졌다. 며칠 전 바다를 찾은 후부터 계속되는 꿈이다.

"오늘도 같은 꿈을 꾸었어요?"

경주가 묻자 수정은 돌아누운 채 고개를 끄덕인다.

"어제 검사 결과는 양호했어요. 좋아지는 중이니, 오전 상담 클리닉에 빠지지 마세요."

경주가 나가자 납덩이처럼 무거운 몸을 일으켜 수정은 세수를 한다. 거울 속에서 웬 늙은 여자를 보고 깜짝 놀란다. 어젯밤 접다가 놓아둔 종이접기용 색종이가 테이블 위에 그대로 있다. 유리 상자에는 완성된 종이학이 가득하다. 머리가 뾰족한 학에는 눈이 없다. 머리에 잼이 든 것처럼 기억이 가물가물해진다고 하자, 상담사는 색종이를 접으라고 말했다. 수정은 카디건을 걸치고 복도로 나간다.

지상에서 천국을 찾지 못한 사람은, 하늘에서도 천국을 찾지 못할 것이다.

—에밀리 디킨슨

병원 복도의 사계절 디스플레이가 바뀔 때마다 나타나는 글귀다. 자식을 먼저 보내고 천국은 언감생심이다. 경주는 매일 그 말을 새기며 하루를 시작한다고 했다. 이곳에 처음 왔을 때 경주는 말했다.

"고모, 여기가 제 꿈의 직장이에요. 제가 실현하고 싶은 헬스케어센터의 목적이 바로 이거예요."

경주는 어려운 용어를 섞어가며 설명했지만, 수정이 이해하지는 못했다. 각종 첨단 기기를 이용한 교육이나 교정 치료, 트라우마 치료 등을 복합적으로 시행하고 있다는 것만 알고 있다.

클리닉 룸은 복도의 반대편 끝에 있다. 경주는 스크린으로 클리닉 룸 창을 가리고, 방음 모드로 바꾸어놓는다. 빗소리가 그쳤다. 느릿느릿한 발걸음의 환자복 차림의 수정만 제외하면 다들 환자 같지 않은 고객들이다. 소파가 있지만, 양탄자 깔린 바닥이 온돌이라 휠체어를 탄 경주와 허리 디스크를 앓는 민자만 빼고 바닥을 선호한다. 경주는 한 사람 한 사람 포옹하고, 평화를 빕니다, 라는 가톨릭식 인사를 건넨다.

말이 어눌한 호영은 오늘 콜택시를 이용했다고 한다. 늘 같이 오던 누나의 손을 빌리지 않아도 되어서 좋았다고 자랑이다. 민자는 호영의 말에 우리 똑띠, 하며 맞장구를 쳐준다. 수정은 들어올 때 인사만 하고서 한마디도 하지 않는다. 얼굴을 두 무릎 사이에 끼웠다 빼기를 반복한다.

"일체유심조, 제가 제일 좋아하는 말입니다. 치료 효과를 믿어야 해요. 오래전엔 상상 속에서만 이루어지던 일이었죠. 그게 현실이 되는 겁니다. 믿는 만큼 이룰 수 있어요."

경주는 양손에 들고 있던 헤드셋 장비와 텔레헵틱 장갑을 머리 위로 들어 보인다.

"3차원 공간을 체험하고, 우리는 게임처럼 그걸 즐기면 돼요."

경주는 세 사람의 표정과 말투, 기분과 동작을 살피고, 오늘 미션으로 주어진 프로그램이 설치된 방으로 안내한다. 민자는 룸으로 들어가기 전에 모두를 향해 주먹을 불끈 쥐어 보인다.

민자는 대학병원의 치매센터에서 알츠하이머 진행 중이

라는 진단을 받았다. 교수로 정년퇴직한 무료한 연금생활자인 민자는 전공이 사회학이었다는 것조차 기억하지 못할 만큼 심각한 알츠하이머 환자다. 데이터 분석 결과 작업 기억력과 지속 주의력과 언어 지각력이 떨어지는 것으로 나온다. 헤드셋 앞에 뇌파의 전기신호를 판독하는 센서가 있고, 헤드셋 안에는 민자의 시선을 측정하는 센서가 내장되어 있다. 민자가 움직이는 동안 센서를 통해 생체 신호를 수집하여 최종적으로 인지능력과 신체 능력을 판단하는 것이다. 3차원의 반복적 체험이 신체 능력을 올릴 수 있다고 하여 이 프로그램에 참여하는 중이다.

민자가 헤드셋을 끼자, 양 갈래로 머리를 묶은 여자아이가, 바나나를 사러 마트에 같이 가자고 손을 내민다. 민자는 그 손을 잡고 나란히 걷기 시작한다. 첫번째 사거리 갈림길에서 잠시 망설이던 민자는 오른쪽 가로수길로 들어선다. 그러자 여자아이가 '할머니 최고'라고 외치며, 엄지를 치켜세운다. 민자는 안도의 숨을 내쉰다. 처음 헤드셋을 썼을 때는 어지럼증으로 오 분도 못 되어 헤드셋을 벗어 던졌다. 집에서 아들과 함께 연습할 때는 손에 쥔 무선 조종기인 컨트롤러를 떨어뜨리거나 집어 던지기도 했고, 소파를 발로 차거나, 스탠드를 넘어뜨리기도 했다. 마트 길 찾기는 일주일째 연습 중이다. 마트에서 바나나를 사서 집으로 돌아가자, 집 앞에서 기다리던 젊은 여자가 '어머니, 수고하셨어요' 하고 말한다. 그 소리와 함께 레벨업을 알리는 팡파르가 울린다. 자신만만하던 민자는 새로 시작하는 키오스크 주문하기 프로그램 앞에서 다시 두려운 얼굴을 한다. 화면의 그림은 마트 길 찾기보다 빠르게 바뀐다.

호영은 커피머신 레버를 내리고, 한 손으로 머리를 짚는다. 잠시 울상을 짓더니 우유를 거품기에 넣고 스위치를 올린다. 잠시 두리번거리던 호영은 머그잔에 크림을 올린다. 느리기는 하지만 첫날과 다르게 기계적으로 손이 움직인다. 한 달 후 바리스타로 대기업 프렌차이즈 카페에서 일할 수 있다. 서른 살이 넘은 호영의 꿈은 독립이다. 장애인 바리스타 과정에 등록해준 사람은 누나다. 재활 프로그램과 연계하여, 무한 반복 훈련이 가능해서다.

경주가 수정의 룸으로 들어가자 수정은 난감한 표정으로 고개를 젓는다. "이건 아니야." 헤드셋을 벗고 허리를 꺾고 구역질을 한다. 물비린내가 역하다. 낚싯바늘에 미끼를 걸고 릴낚싯대를 던져야 하지만 번들거리는 수면에 공포심이 올라온다. 어제는 세차를 했다. 대학병원에서 PTSD 장기치료자로 위탁되었다. 조카인 경주의 강권이 아니었다면 오지 않았을 것이다. 수정은 비 오는 날은 밖에 나가지 않는다. 세상의 모든 불안이 모여 깊은 웅덩이를 만든다. 그러면 호흡이 불안정해지고, 숨을 쉴 수가 없다.

"그냥 이대로 살게 내버려두면 안 되니?"

수정은 경주에게 말한다.

"저도 그러고 싶어요. 그런데……"

경주는 하던 말을 멈춘다. 수정은 경주가 무슨 말을 하려는지 안다. 한 달 전 수정은 자신이 한 일에 대해 아무 생각도 할 수 없다. 습관적으로 손목의 흉터를 만지는 일이 불안이 밀려올 때 할 수 있는 유일한 일이다.

"넌 할 만큼 했어."

수정은 애원하듯 경주를 본다.

"아니에요. 아직 할 수 있는 일이 남아 있어요."

경주의 간절한 눈빛이 수정을 향한다.

"저에게 남은 사람은 이제 고모뿐이에요. 고모까지 그렇게 보낼 순 없어요."

수정은 경주의 말을 무표정하게 받아들인다. 감정을 죽인 채 슬픔도 기쁨도 못 느끼는 상태로 제어한 지가 오 년이 넘었다. 오직 모든 것을 차단하고 비인간적이 되어야만 눈을 뜨고 숨을 쉴 수 있다. 해마다 이때쯤이면 더 힘들다. 초록의 생생한 싱그러움은 지금 살아 있다고 아우성치는데, 징그럽기까지 하다.

수정은 눈을 감고 낚싯대를 던진다. 잠시 후 컨트롤러를 쥔 손에 어떤 감각이 전해진다. 무언가가 낚싯줄을 당기고 있다. 본능적인 반작용의 힘이 낚싯대를 잡아당기게 만든다. 팔을 올리자 수염 난 물고기가 허공에 매달려 있다. 축하 팡파르가 울린다. '당신은 베테랑 낚시꾼으로 가기 위한 1단계를 통과하였습니다. 다음 레벨로 이동하겠습니다.' 딱딱한 기계음에 의지도 없이 확인 버튼을 누른다.

*

햇살을 받은 물빛이 반짝인다. 그 표면 위로 다리 하나를 집어넣는다. 잔털이 있지만 매끈하고 쭉 뻗은 두 다리가 물속으로 들어가 굴절된 모습으로 어른거린다. 그 물빛 위로 손을 갖다 대본다. 약간의 저항감을 느끼며 손가락은 물 안으로 스며든다. 영상은 아직은 현실과 괴리가 있지만 오감이 더해지니 만족스러운 수준까지 올라간다.

경주는 두 팔을 쭉 뻗어 수영을 시작한다. 다리를 지느러미처럼 유연하게 아래위로 움직이며 배영을 한다. 햇살이 이마를 건드린다. 돌고래처럼 빙글빙글 돌면서, 쭉 뻗어 모아 잡은 손을 앞으로 내밀고 잠수한다. 숨을 쉬는 것이 힘겨울 때즈음 다시 물 밖으로 얼굴을 내민다. 귀에서 전자기타 소리가 울린다. 'I have to cha cha cha change my, You have to cha cha cha change your, We have to cha cha cha change……' 보컬의 목소리가 고막을 친다. 미루가 좋아했던 노래다.

미루의 사진첩을 한 장씩 들여다본다. 경주가 부르는 소리에 돌아보는 미루, 고모와 배드민턴 치는 미루, 경주와 낚시

하는 미루. 새벽 물안개가 피어오르는 강가에서 기지개를 켜는 미루.

사진 한 장이 손바닥에서 미끄러져 바닥으로 떨어진다. 사진은 손이 닿지 않는 책상 안쪽으로 숨어버린다. 아직도 사소한 것에 인생을 걸어야 한다. 경주는 두 팔로 한쪽 다리를 들어 바닥에 발을 내려놓고, 반대편 다리도 바닥에 내려놓는다. 휠체어의 팔걸이를 잡고 엉덩이를 바닥에 놓는다. 힘을 준 팔이 바들바들 떨리고 땀이 난다. 잠시 후 숨을 고르고, 누운 상태로 손을 뻗어 책상 밑에 들어간 사진을 꺼내, 입에 문다. 다시 휠체어 팔걸이를 두 손으로 지탱하고, 몸을 들어 올린다. 숨을 돌리기도 전에 극심한 통증이 강타한다. 척추뼈가 녹아내리는 것 같다.

"아리야, 불 꺼."

어두워진 방에서 눈을 감고 두 팔을 교차시켜 반대편 어깨에 얹고 가슴을 진정시킨다. '괜찮아, 괜찮아.' 양 엄지손가락을 깍지 끼듯 걸고 손바닥을 새처럼 만든다. 날개가 펄럭이듯 가만가만 두 손으로 가슴을 두드린다. 긴 호흡을 하며 주문을 건다. '괜찮아, 괜찮아.'

*

병원에서 퇴원하면서 제일 먼저 산 것이 최신 사양의 컴퓨터와 VR 세트다. SUV는 형체도 없이 찌그러졌다. 부모님의 장례식도 보지 못했다. 척추뼈를 크게 다쳤으나 복부 수술을 먼저 해야 했다. 내장 파열이 심각했다. 수술 후, 한 달 넘게 코마 상태에 있다가 깨어났다. 소리가 나는 쪽으로 얼굴을 돌리려 했으나 움직이지 않았다. 몸도 마찬가지였다. 척추 수술이 진행되었다. 척수 6센티만 있으면 전극 이식으로 걸을 수 있다고 했는데 그런 행운은 오지 않았다.

퇴원할 때 미루가 휠체어를 끌었다. 오 년 동안 미루는 경주의 손발이 되어주었다. 오 년 후 미루가 떠났고, 이제 남은 사람은 고모뿐이다. 사고 후 경주가 혼자가 되었을 때, 마음 단단히 먹고 새 인생을 살아야 한다고 했던 친척들은 더 이상 왕래하지 않았다.

경주는 전동휠체어가 발이 되는 삶을 시작하게 되었지만 사고 트라우마로 인해 한동안 차를 탈 수 없었다. 고등학교를 졸업 후 트라우마 치료를 받으면서 운전도 시작할 수 있었다. 조악한 영상의 운전 시뮬레이션이었지만, 효과가 있었다. 사고 후 이 년 만이었다. 달라진 점은 오감이 더 선명해졌다는 것이다. 휠체어를 타면서 꽃향기는 더 짙어졌고, 바람의 방향까지 느낄 수 있었다. 감각은 날이 섰고, 오히려 살아 있다는 것을 느끼기에 좋았다. 바람이 뺨을 스치며 사라지는 느낌이 좋았고, 목덜미에 햇살이 머무는 것도 강렬하게 느껴졌다. 사라진 다리 대신 얻은 것이었다. 미각 역시 도드라졌다.

평소 먹고 마시는 것을 좋아하고, 요리와 와인에도 관심 있었던 경주는, 꿈이라고만 생각했던 소믈리에 과정을 준비할 수 있었다. 갖가지 시뮬레이션을 통해 향이 전달되었고, 수십만 가지의 향이 조합된 와인의 원산지를 알아맞힐 수 있게 되었다. 캘리포니아의 와이너리에도 초청을 받았다. 출국을 앞두고 미루의 사고 소식을 들었다. 여름방학 친구들과 동해로 서핑을 배우러 가겠다고 했던 미루의 사고는 여름 막바지에 닥친 태풍 소식과 함께 뉴스로 보도되었다. 구조된 친구의 말에 의하면 거센 파도에 노란 서핑보드가 바다 쪽으로 떠내려가는 것을 마지막으로 보고 본인도 정신을 잃었다고 했다.

그날 아침 경주는 수정과 함께 사고 현장으로 갔다. 그곳에서 경주와 수정이 할 수 있는 것은 아무것도 없었다. 태풍에 물이 불어난 바다는 아무것도 남겨놓지 않았다. 남은 건 부서진 보드의 일부로 보이는 조각뿐이었다.

결국 인생은 럭비공처럼 다른 곳으로 튀었다. 경주는 수정을 두고 갈 수 없었다. 대학원 전공을 휴먼융합으로 바꾸었다. 졸업 후 게임기획자가 되어, 가상현실 제작기술 회사에 들어갔고, VR 엔지니어로서 재활 치료게임 제작자가 되었다. 치료용 게임 시나리오를 짜고, 그 시나리오대로 컴퓨터 그래픽으로 재현하여 영상을 제작했다.

경주는 미루가 웃고 있는 사진 속의 장면을 3D로 재현하는 중이다. 무선 디스플레이 기술과 4K 화질의 해상도를 확보하여 와이파이로도 VR을 이용할 수 있게 되었다. AI 회사와 의료전자연구원과 미팅을 거듭하며 아이템을 논의하면서 외상후스트레스장애를 치유할 수 있는 기기를 만들기로 했다. 장애 친화적인 환경의 실현이 경주가 생각하는 궁극적 목표다. 그 꿈의 실현을 위한 디지털트윈의 상호작용 시스템은 모션캡쳐 기술로, 동작과 표정을 배우에게 적용해 구현해낸 것이다. 감정이입을 하려면 진짜처럼 움직임까지 정교해야 한다. 이젠 현실과 3D애니메이션을 구분 못할 정도로 기술의 발전을 이루어, 경주의 꿈에 거의 근접하고 있다. 경주가 사고를 당하지 않았다면 생각지도 못할 길이었다.

경주는 수정을 위한 마지막 작업 중이다. 디스플레이에 색을 입히고, 오래된 동영상에서 미루의 목소리를 컴퓨터에 저장하여, 목소리를 분석한다. 새로 생성된 목소리를 재생하자, 미루가 자주 쓰던 단어들이 포착된다.

*

오늘 민자는 키오스크 앞에서 햄버거를 주문하고, 호영은 아인슈페너에 도전할 것이다. 수정은 클리닉 룸 바닥에 앉아 멍한 눈으로 창밖을 바라본다. 비 온 뒤의 세상은 새로 태어난 것처럼 초록이 짙어졌지만, 어떤 감흥도 주지 못한다. 세상일에 반응하지 않는 것이 수정이 숨 쉬는 동안 해야 하는 유일한 일이다.

"버터플라이 허그에 대해 들어본 적 있어요? 누구도 자신을 껴안아줄 수 없을 때 할 수 있는 셀프 포옹이에요."

경주의 말에 호영이 고개를 갸웃한다.

"멕시코 마을의 임상심리 상담가가 허리케인 후유증으로 힘들어하는 마을 사람들을 위해 만든 셀프 포옹이에요. 가족이나 친구들이 눈앞에서 죽어나가는 것을 보고만 있어야 했던 아이들이, 어떻게 그 참혹한 광경을 잊을 수 있을까요. 그 마을 신부는 미사를 보면서 서로 포옹하게 하고, 또 혼자서도 할 수 있도록 셀프 포옹을 가르쳤어요."

경주가 자신의 두 팔을 교차하여 팔을 감싸 안자, 민자와 호영이 어설프게 동작을 따라 한다.

"어느 날 한 소년이 신부에게 와서 물었대요. 형은 양팔이 없는데 어떻게 하냐고요."

경주는 그 말을 하며, 세 사람의 눈을 차례로 맞춘다. 호영은 고개를 갸웃하고, 민자는 눈동자를 왼쪽 위로 올리며 골똘히 생각한다. 수정은 초점 없는 눈으로 경주를 바라본다.

"허리케인이 있던 날, 형은 한쪽 팔로는 집의 기둥을 잡고, 다른 팔로는 이 동생의 팔을 붙들고 있었대요. 그런데 이 동생에게는 또 다른 두 명의 동생이 매달려 있었어요. 태풍이 끝난 후 형의 팔은 썩어들어가 결국 두 팔을 잘라내야 했답니다."

수정은 정신이 든 듯 경주의 이야기를 기다린다.

"신부는 말했대요. 너는 형이 네게 준 사랑을 믿니? 소년은 힘차게 고개를 끄덕였어요. 그러자 신부는 그 소년에게, 형의 뒤에서 버터플라이 허그를 하라고 했대요. 이렇게요."

경주는 호영의 겨드랑이 사이로 팔을 넣는다.

"소년은 형의 뒤에 서서 이렇게 형의 가슴 위에 자신의 양손을 교차하여 형의 어깨를 토닥토닥해주었어요."

경주는 잠시 집중하며 미간을 찌푸리는 수정을 바라보며 말을 잇는다.

"체온이 느껴지나요? 동작은 기계적일 수 있지만 우리는 기계가 아니기에 체온이 전달되지요. 그것은 간절함을 전하고, 그 간절함이 변화를 이끌어내지요. 이 기계 역시 단순히 기계가 아니에요. 차세대 기술은 인간의 마음과 마음을 연결하는 게 궁극적 목표예요. 기술은 인간의 마음을 움직이기 위해 발전해요. 마음을 얻어야 고객은 지갑을 열거든요. 그러니 0과 1로 이루어진 디지털이 이루려는 궁극적인 목표는 아날로그적인 인간의 마음이에요."

수정은 창밖을 바라보던 시선을 돌려 경주를 바라본다.

"휴머니즘이 빠진 기술은 세상에 존재하지 않아요. 보고 싶은 것을 상상하는 우리 마음이 이 기계로 실현되는 겁니다."

수정은 어제 낚시 게임을 무사히 통과했다. 그 안도감으로 경주가 건네는 헤드셋을 무심히 이마에 고정한다. 갑자기 몸이 흔들린다. 수정은 망망대해의 요트 위에 서 있다. 안전 바도 없는 작은 요트 위에서 흔들리는 몸은 금세라도 바다로 떨어질 것 같다. 갑자기 수정의 몸이 휘청한다. 요트의 속도가 빨라지면서 수정의 몸이 균형을 잡지 못하고 바다로 떨어진다. 수정의 얼굴에 차가운 물방울이 튀었다가 순식간에 묵직한 밀도의 수면 아래로 밀려 내려간다. 팔다리를 필사적으로 허우적거리며 자맥질하지만, 요트는 이미 시야에서 사라진다. 갑작스럽게 닥친 오한과 경련에 수영은 불가능하다. 물속으로 다시 빨려 들어간다. 귀가 먹먹해지다 갑자기 둔탁한 소리와 함께 사방이 고요해진다.

날카로운 신호음에 경주는 휠체어를 굴려 수정의 방으로 들어간다. 수정의 어깨가 경련으로 뒤틀리는 것을 보고 비상벨을 누른다. 휠체어를 옆으로 넘어뜨리고, 팔꿈치로 기어 바닥에 쓰러진 수정의 헤드셋을 벗겨낸다. 남자 간호사가 달려와 수정의 입가의 오물을 닦아내고 수정을 바로 눕힌다. 실패다. 경주는 바닥에 주저앉아 양어깨 사이에 고개를 파묻는다.

눈을 뜬 수정은 힘없이 고개를 젓는다.

"아무리 해도 미루는 돌아오지 않아. 치유 받고 싶지도 않아."

"기대가 너무 컸어요. 고모까지 잃고 싶지는 않아요." 경주는 고개를 끄덕인다.

수정은 미루가 꿈에서조차 나타나지 않는 것이 속상하다.

수정의 카톡 프로필은 그 날짜에 그대로 머물러 있다. 미루와 찍었던 그날의 사진이 미루의 부재를 증명할 뿐이다. 미루의 시신은 아직 발견되지 않았다. 당시의 기억만 떠올려도 숨이 막혀온다. 미루의 스무 살, 미루의 서른 살을 짐작할 수 없는 수정이, 바라는 것은 꿈에서라도 한번 미루를 보는 것이다.

"부모님 돌아가셨을 때 고모 아니었으면 보육원으로 가야 했을 거예요. 지금 고모를 살리지 않으면 또 후회할 것 같아서……"

수정의 울음이 잦아든다.

"이게 영매라도 되니? 죽은 사람과 교감이 된다면 다시 생각해볼게."

"저는 사고 후에 피그말리온의 기적을 믿게 되었어요. 지상에서 천국을 찾지 못하면, 하늘에서도 천국은 없다고…… 모든 것은 마음먹기 나름이라고…… 어떤 환자가 휠체어를 탄 저에게 말했죠. 그 말만 기억해주세요. 사고 후 제가 보는 세상의 프레임이 강제로 바뀌게 되면서 믿게 된 것들이지요. 미루도 분명 천국을 찾았을 거예요."

재활 치료 중 만난 그 사람은 버터플라이 허그도 가르쳐주었다. 외항선을 탔던 그는 망망대해에서 심리적 안정감을 되찾는 방법으로 버터플라이 허그를 배웠다고 했다.

"제 꿈이 뭔지 아시지요. 사람들이 꿈꾸는 세상을 실현하는 거예요. 사람들이 생각하는 것, 꿈꾸는 것, 그 마음을 재현하는 거죠. 이 기계는 그냥 마음이에요. 그 마음에 헤드셋이나 컨트롤러가 손발처럼 달려 있는 거예요. 감각이 있는 마음요. 기계를 통해서 내 마음을 볼 수 있다고 생각하면 돼요. 내 마음이 바라는 현실을 보는 거죠. 우리는 원래부터 우리가 보고 싶은 것만 보고 살았어요. 내가 보지 않는 것은 존재하지 않는 거니까요."

"모르겠어. 그렇게 해서 내가 원하는 걸 얻을 수 있다고 말하는 거니?"

수정은 고개를 저었다.

"고통과 두려움을 참아내기만 하면요."

경주는 흔들리는 수정의 마음을 알아챈다.

"고모의 마음이 가장 중요해요. 사람은 눈으로 본 것을 사진 찍듯이 뇌에 저장해요. 그게 진짜인지 가짜인지는 중요하지 않아요. 사진이나 그림을 봐도 실제 봤다고 생각할 수도 있고요. 뇌의 단순한 면이 희망의 가능성이 된다는 걸 인간이 발견한 거예요. 눈에 보이지 않지만, 마음으로 그린 것을 시각화해서 진짜처럼 보여주는 거지만, 그 안에 진짜 모습이 있어요. 고모가 보고 싶어 하는 것을 볼 수 있어요. 그러니까 실재냐 아니냐보다 중요한 것은, 무엇을 하고 싶으냐, 예요."

수정의 꼭 다문 입술이 가늘게 떨린다. 잠시 후 감았던 눈을 뜨고, 입술을 꼭 깨문다. 수정이 헤드셋을 머리에 단단히 조이자, 다시 바다가 나타난다. 수정은 팔에 돋아난 소름을 문지르며 조심스럽게 요트 앞머리에 선다. 시퍼런 물이 눈앞에 망망대해로 펼쳐져 있다. '사해라고 생각하자, 뛰어내려도 내 몸은 무게 없이 바다를 떠돌 거야. 바닷속으로 빠져 숨을 못 쉬어도 괜찮아. 그건 그 애와 더 가까워지는 거니까.'

수정의 몸은 수직 하강하여 환하게 빛이 드는 물속을 파고든다. 오로라 색깔의 빛이 산란하며 수정의 몸을 감싼다. 물위로 형체를 알 수 없는 그림자가 어른거린다. 다시 떠오른 수정의 얼굴 위로 파도가 덮친다. 사지에 힘이 풀린다. 해파리 한 마리가 다가와 촉수 하나를 수정의 뺨에 갖다 댄다. 수정은 희미하게 거대한 물체가 다가오는 것을 느낀다. 물보라를 일으키며 고래가 천천히 수정을 향했을 때 갑자기 호흡이 멎었다. 동시에 수정의 뇌파와 연결된 단말기에서 요란한 벨이 울리기 시작한다.

뇌파를 측정하는 그래프가 아래위로 널뛰기한다. 심박수도 최고로 올라간다. 호흡수도 덩달아 올라간다. 수정은 금붕어처럼 입을 열었다 닫았다 헐떡거리다 풀썩 주저앉는다. 경주는 서둘러 프로그램을 차단한다. 수정의 심박수가 120비트로 치솟다 일순 멈춘다. 눈은 뜨고 있지만, 시각적인 정보를 받아들이고 있는지, 또 그 정보들을 뇌가 인식하고 있는지 확인되지 않는다.

경주는 수정의 침대 머리맡에서 두 손을 모아 이마를 받치고 있다. 자신이 만든 부모님과 재회했을 때를 떠올린다. 부모님의 유해를 확인하지 못했지만, 복원 프로그램에서 생전 모습의 아버지와 어머니를 만났다. 정교하게 재현된 아버지 어머니와 마지막 작별 인사를 했다. 그때까지 병원에서 보내온 유품 상자를 열어보지도 못했다. 그 가상의 재회 후에야 상자를 열어볼 수 있었다. 유품 상자 속에는 얼룩진 옷과 핸드폰과 지갑이 있었고, 지갑 속에는 그날의 전시회 티켓과 팸플릿 등이 들어 있었다. 그 상자는 부모님이 남긴 마지막 선물이 되었다. 수정 역시 미루와 재회하기를 바랐다.

다행히 수정의 맥박은 정상으로 돌아왔다. 사십 분 만에 수정은 눈을 뜬다. 의식이 돌아오면서 제일 먼저 발생한 신체의 변화는 눈물이다. 눈 양옆으로 주르륵 흘러내린 눈물을 닦은 후 더 이상 수정은 눈물을 흘리지 않는다.

경주는 뜨거워지는 눈을 의식하며 수정의 손을 잡는다. 수정은 눈을 감고 다시 그때로 돌아간다. 수정에게 전해진 체온과 저릿한 떨림은 진짜였다.

"빛이 산란하던 바다가 갑자기 뒤집어졌어. 몸이 타서 가라앉는 것 같은 아찔한 공포감이 몰려왔어. 바닥에는 침몰된 배들과 배에서 떨어져 나온 컨테이너 박스들이 수초에 둘러

싸여 있었어. 태평양 바닷속에서 불타는 것 같은 기분과 함께 온몸이 찢어지는 통증…… 그러다 갑자기 내 몸이 동화 속 거인처럼 커지기 시작하는 거야. 주위의 바위와 물고기들이 점점 작아지면서, 내 다리가 땅에 닿고, 몸은 물 밖으로 불쑥 솟아났지."

"그리고는요?"

"갑자기 내가 포세이돈이 된 것처럼, 힘이 느껴졌어. 태풍으로 춤을 추는 바다를 두 손으로 잠재우며, 바닷속에서 헤엄치는 것들이 차차 제자리를 찾아가는 것이 느껴졌어. 멀리서 노란 서핑보드를 탄 아이가 다가오고 있었어. 고래보다 더 유연하고, 바닷속을 자유자재로 움직이는 인어처럼 미끄러져 왔어."

수정은 희미하게 웃으며 경주를 올려다본다.

"믿어지지 않겠지만 우리는 마주 보며 춤을 추었어. 어느 순간 아래로, 아래로 내려가는 미루를 손 위에 가뿐히 들어 올리자, 미루 역시 기다렸다는 듯이 내 손을 잡았어."

수정은 말하며 손을 내려다본다. 미루가 제 손바닥 위에 남겨놓은 온기를 떠올린다.

*

경주는 메일을 열어본다. 체험 프로그램에 참석한다는 답장 메일이 다섯 통 들어와 있다. 이 정도면 성공이다. 요즘 외주나 하청으로 인한 안전사고가 잦아지고 있다는 뉴스가 연일 나오지만, 현장에서 바뀌는 것은 없다. 기업과 용역 업체의 부도덕한 관행에 대해서도 누구 하나 건드리려고 하지 않는다. 법은 언제나 강자의 편이다. 무료 체험 프로그램은 사고의 책임을 노동자의 부주의로 돌리고, 개인의 무지를 지적하는 사람들을 위한 교육 프로그램이다. 사고 현장과 같은 환경을 3D로 재현하기 위해, 그곳을 수십 번 방문하고, 수백 장의 사진을 찍었다. 죽음의 순간이 얼마나 코앞에 있는지 그들에게 직접 체험하게 하는 것 외에는 그들을 설득할 방법을 알지 못한다.

한 달 전에는 시각장애인 체험과 휠체어 체험을 초등학생 대상으로 실시했다. 성공적이었다. 사회에서 이슈가 되는 문제에 대해, 실제 체험하고 글을 쓰는 기자도 초청했다. 머리로 이해하는 것과 직접 겪어보는 것은 하늘과 땅 차이이기에, 결과는 유의미했다. 똑같은 메일을 이번에는 외주화 폐지를 반대하는 국회의원들과 기업 간부들, 죽은 이를 조롱하는 악플러들에게 발송한다.

검정 비니에 검정 피어싱, 검정 후드, 검정 청바지에 발목까지 덮는 스니커즈를 신고 해변을 달린다. 비니를 벗자 녹두색의 긴 머리카락이 바람결을 따라 물결친다. 바람이 귓바퀴에 스치는 것을 느끼며 양팔을 앞뒤로 흔들며 달린다. 백 미터, 이백 미터, 삼백 미터…… 천 미터. 방파제 끝에 다다랐을 때 무릎을 두 손으로 움켜쥐고 숨을 내뱉는다. 항구에 요트 하나가 출항을 준비하고 있다. 배의 고물이 날렵한 하얀 배다. 돛은 부드럽게 펄럭이고, 돛의 끝은 하늘을 향해 시원하게 뻗어 있다. 요트를 타고 대양으로 나간다. 에게해에 있는 세 개의 섬 사이를 지난다. 하얀 벽과 푸른 지붕이 파노라마처럼 이어진다. 해적들이 피투성이로 만든 벽에 흰 페인트칠을 했다는 하얀 벽을 지나고, 화산재 자국을 숨긴 파란 지붕을 지난다. 건너편 섬의 풍차가 파란 하늘을 배경으로 평화롭게 서 있다. 요트에서 내려 풍차 언덕을 올라가자 에게해가 한눈에 바라다보인다. 반대편 풍차 언덕으로 해가 진다. 깎아지른 언덕 아래 파도가 넘실댄다. 바람에 머리카락이 어깨 위에서 찰랑거린다. 머리를 포니테일로 묶고, 수영복으로 갈아입는다. 양팔을 머리 위로 뻗어 올리고, 밀키블루의 바다를 향해 뛰어든다.

잠시 후, 경주는 기계와 연결된 프린터기에서 사진을 출력한다. 사진 뒤에 '220522 지중해 산토리니'라고 적는다. 다음 목적지는 뉴욕이다. 재즈를 좋아했던 미루는 브로드웨이 뮤지컬을 보고 싶어 했다. 맨해튼의 42번가에서 타임스스퀘어까지 구글 지도를 검색한다.

문득 경주는 버터플라이 허그를 하는 수정의 모습을 떠올린다. 미끈하게 수영하는 미루의 겨드랑이 사이로 손을 넣어 미루의 가슴에 제 손을 포개고, 가만가만 날갯짓하는 수정을.

특별한 만찬

정자 앞에 섰던 마을버스가 부르르르 엔진 떠는 소리를 내며 이면도로를 따라 움직인다. 길 건너편에 있던 새끼 고양이가 버스 뒤에서 튀어나와 정자로 달려온다. 고등어 무늬의 새끼 고양이가 길을 가로지르자마자 승용차 한 대가 쏜살같이 지나간다. 손바닥만 한 고양이는 그것을 아는지 모르는지 정자 아래로 들어가 물그릇의 물을 할짝거린다. 정자의 네 기둥이 접근금지를 표시하는 노란색 테이프로 결박되어 있다.

　핸드폰이 울린다. 가족 단톡방에 사진과 함께 메시지가 뜬다. 화면 속에 노란 콩나물이 촘촘히 고개를 내밀고 있다. 며칠 전, 자가 격리 중인 인경이 구호 물품으로 심신 안정을 위한 반려식물 키우기 키트가 왔다고 사진을 보내왔다. 그 노란 콩이 벌써 다 자란 콩나물이 되어 있다. 인경이 격리 병동에서 근무하다 확진자가 되었다는 연락을 받은 게 열흘 전이다. 처음 마스크 꼈을 때는 감정노동을 안 해도 돼서 오히려 편하다고 인경은 말했다. 나는 이모티콘이 섞인 답장을 보낸다.

정자 맞은편 공원으로 들어서며 아무도 없는 것을 확인하고 마스크를 벗는다. 주변의 나무는 누구의 허락도 없이 초록이 짙고, 곧 올 가을을 준비하고 있다. 축축한 공기가 폐 안으로 들어가는 게 느껴진다. 숨을 깊게 들이마시고 내뱉는다. 마음대로 숨 쉬는 일조차 고마운 일이 되었다. 공원 초입의 나무로 만든 2인용 그네 앞을 지나가다 바닥에 검은 스프레이로 써놓은 글씨를 본다. '자살 금지, 우리는 이웃.' 보도블록 위의 큼지막한 낙서가 뜬금없다는 생각을 하며 낡아가는 그네를 지나친다.

공원을 한 바퀴 돌고 골목으로 들어섰을 때 담벼락 앞에 검은 고양이가 쓰러져 있다. 입가에 거품이 남아 있지 않았다면 평범한 길고양이로 착각했을 것이다. 요즘 고양이 사료에 약을 탄다는 뉴스가 잦았다. 어떻게 하지? 구청에 신고해야 할까? 쓰레기봉투에 넣어 버리라고 했던 것도 같다. 망설이고 있는 사이 다가온 단발머리 여자가 혀를 찬다.

"약을 먹었네요. 요즘 이 동네에도 흉흉한 일이 자꾸 생겨요."

헐렁한 트레이닝 바지에 티셔츠를 입고 어글리 슬리퍼를

신은 삼십대 여자다. 이런 일이 처음이 아닌 듯 능숙하게 전화를 걸어 유기묘 사체를 발견했다는 신고를 한다.

"또 노인들 짓이겠죠. 아니면 동네 노숙자 짓이든지."

팬데믹 이전 마을버스 정류장 앞의 정자는 노인정이나 다름없었다고 한다. 노인들은 정자에서 놀던 고양이들을 지팡이로 내쫓았다. 코로나바이러스가 퍼진 후 노란 테이프로 봉해져 사람이 들지 않는 정자에 고양이들이 다시 모여들었다. 그것을 못마땅하게 생각하는 노인들이 있다고 한다.

현관 입구가 컴컴하다. 일부러 사람들이 들락거리는 상가 건물을 골랐는데도 주말이 되면 직장인들이 없어 썰렁하다. 복도와 계단은 인적이 없고, 삼층 복도는 더 어둡다. 이사 오자마자 남자용 슬리퍼를 현관 앞에 두고, 베란다에 남자 옷을 널어두는 것도 잊지 않았다. 며칠 전 현관문을 열었을 때 한 남자가 마스크도 쓰지 않은 채 복도 맞은편에 서서 문을 주시하고 있었다. 밖에서 코와 입을 가리지 않은 사람을 찾아보기 힘들었던 터라 더 놀랐다. 코와 입을 가진 인간이 낯설고 무서웠다.

어제 주문한 것들은 아직도 배송 준비 중이다. 택배 대란으로 배송이 일주일가량 걸린다고 한다. 사람들이 대부분 온라인 쇼핑몰을 이용하니 그럴 만도 했다. 편의점에서 사 온 시리얼과 우유로 저녁을 대신하고 노트북을 연다. '우리는 무엇으로 사는가? (집단 지성의 붕괴 후 우리가 나아갈 지점)'이 팀장이 준 주제다. 3회 예정의 기획 연재물로 '킨포크'를 벤치마킹한 사보를 만들라고 회사는 요구했다. 일상의 행복에 대한 가치를 높게 평가하자는 대표의 변인데, 이 시국에 적절한 주제라고 생각하지만, 지난달 조기 명예퇴직한 대리를 떠올리며 입을 닫았다.

*

단발머리 여자가 정자 앞에 앉아, 새끼 고양이가 노는 모습을 지켜보고 있다.

"어제는 삼색이 고양이도 같이 있었는데 안 보이네요."

내가 말하자 단발머리는 담벼락에서 툭 튀어나온 환풍구 옆에 있는 작은 집을 가리킨다.

"세찬이는 오늘 기운이 없나 봐요."

"삼색이 이름이 세찬이군요."

"동네 사람들이 모두 세찬이라고 불러요. 세상을 힘차게 살라고요."

"이 꼬맹이는 세찬이 새끼예요?"

단발머리는 고개를 저었다.

"세찬이는 오 년 전에 중성화 수술을 받았어요. 이 동네 온 지 칠 년도 넘은걸요. 새끼를 낳기에도 너무 늙었고요. 사람

나이로 치면 아흔 넘었을 거예요. 꼬맹이는 봄에 갑자기 나타
난 애예요. 어미한테 버림받았거나 어미가 로드킬 당해 의지
할 데가 없어 이리저리 떠돌다 여기까지 오게 되었을 거예요.
어린 삐약이처럼 우는데 어찌나 불쌍하던지. 세찬이 집에 넣
어주었더니 둘이 할머니와 손자처럼 의지하고 살게 된 거예
요. 낮에는 밖에 이리저리 돌아다니다가도 밤이 되면 꼭 세찬
이 품에서 잠들어요."

　단발머리 여자가 계단 옆 빌라 담벼락에 기댄, 패브릭 소재
의 고양이 집 비닐막을 들추자 세찬이가 눈을 뜬다. 늙은 고
양이는 쓸데없는 관심이 귀찮다는 듯이 잠시 눈을 껌뻑이다
다시 눈을 감는다.

　전화벨이 울린다. 성주의 전화번호다. 나는 일어나 정자 쪽
으로 가며 전원을 껐다 켠다. 전화기가 켜지자 음성 메시지
가 들어와 있다. '무작정 전화를 피하기만 한다고 되는 게 아
니에요. 하나하나씩 풀어나가요. 한 번만 기회를 줘요.' 고민
하는 사이 다시 음성 메시지가 이어진다. '당신 마음이 고작
이거였어? 사람 목숨 하나 구한다 치고 나 좀 살려주면 안 돼
요? 어머니에게 내가 희망인 거 당신도 잘 알잖아. 동생 때문
에 힘들어하시는데 기쁜 일 좀 만들어드리자구요. 우리 어머
니가 당신을 얼마나 좋아했는지 잊었어요? 제발 좀 전화 받
아요.'

　그는 처음에는 친절했고, 나중에는 다정했다. 모난 구석도

없었고, 굳은살이 박이도록 고생한 일이 없는 사람이 가지는 부드러움이 있었다. 세상에서 인정받지 못하는 문제아 동생이 있다는 사실은 청첩장을 돌리고서야 알았다.

하룻밤을 뜬눈으로 새우고서야 부모님께 그 사실을 전했다. 엄마는 친척들에게 뭐라고 해야 하나 걱정만 했지, 파혼에 대해서는 내 말을 있는 그대로 받아들여주었다. 그 후 가까운 지인에게는 전화로 파혼을 알렸다. 혹시나 연락을 못 받은 사람이 있을지도 몰라 결혼식 예정일에 식장 앞에서 기다렸다. 다행히 아무도 오지 않았다. 그게 일주일 전이다.

한동안 두통약을 달고 살았다. 같은 사무실에서 그를 보아야 하는 일이 더 곤혹스러웠다. 그의 동생은 도박 관련한 사기죄로 수감되었다고 했다. 상견례 때도 말하지 않았고, 청첩장을 돌릴 때도 말하지 않았다는 사실에 더 신뢰감을 잃었다.

"좋은 일이 아니라 차일피일 미루었던 거예요. 고의는 아니었어요. 타이밍을 못 맞추었을 뿐이에요."

그는 별것 아니라는 듯 대답했다.

"그 일 때문에 난 이제 부모님과 친척들한테 거짓말쟁이가 되었어요."

그는 내 말에 오히려 발끈했다.

"너무하네요. 그것 때문에 힘들어했을 내 입장을 이해해줄 수는 없나요?"

성주의 말에 영화 「가스라이트」가 떠올랐다.

"솔직히 말하면, 미유 씨가 힘든 상황에 있는 날 내버려두고 혼자서 떠날 사람이었다면 미유 씨를 만나지도 않았을 겁니다. 난 당신을 믿었어요. 의리 없이 혼자만 빠져나가면 남겨진 난 어쩌라고요. 결혼 후에 그 몇 배로 갚을 생각이었어요."

나는 그의 말에 고개를 저었다.

그 이야기를 들은 인경은 손을 내저었다.

"언니, 안타깝지만 차라리 잘된 건지도 몰라. 나쁜 인연은 한번 엮이면 영원히 못 벗어나. 더구나 벌금이 아니고 실형이면 언니가 모르는 일이 더 있을지도 모르잖아. 사람 안 바뀌는 거 알잖아. 더구나 조카라도 태어난다고 생각해봐. 삼촌이라고 부르는 사람이 거기 있다는 걸 어떻게 받아들일 것 같아? 엄마가 허락한다 해도 내가 용납할 수 없어."

그 말을 하는 인경이 당시에는 매정하게 보였지만, 맞는 말이기도 했다.

시차를 두고 한 번 더 신호음이 울린다. '의리 없는 년. 점쟁이 얘기가 하나도 틀리지 않았어. 똑똑한 며느리 좋아할 거 없다고, 다 제 살길 찾아서 갈 테니 너무 정 붙이지 말라고 하는 거, 그때는 너 그런 사람 아니라고 펄쩍 뛰었는데 정말 실망이다. 이제 내 인생에서 영원히 사라져.'

전화기 속의 그의 목소리가 그악스럽다. 그는 처음부터 그악스러운 사람이었나? 무엇이 그를 이렇게 만들었나? 4인 이상 집합 금지 명령이 떨어진 요즘, 그는 친구도 못 만난다고 투덜대는 일이 많았다. 정말 그래서일까? 나는 정말 의리 없는 년일까? 의리 없는 년이라는 소리를 듣고도 잘 살 수 있을까?

*

사보에 낼 원고는 지지부진하다. 우리는 무엇으로 사는가? 먼저 의식주가 해결되어야 하고, 안전해야 하고, 인정받아야 하고, 관심과 사랑도 필요하다. 또 무엇이 필요하지? 모니터 화면만 노려보다 바람막이를 입고 정류장 앞의 정자로 간다. 밤새 비가 내렸다. 그래서 고양이들이 밤새 더 처량하게 울었는지도 모른다. 꼬맹이가 놀던 정자 앞 화단은 비어 있다. 담벼락의 고양이 집에 세찬이가 어깨뼈를 드러낸 채 게슴츠레 눈을 뜨고 누워 있다. 꼬맹이는 며칠째 보이지 않는다.

밤사이 비 때문인지 못 보던 고양이 두 마리가 정자를 차지하고 있다. 노랑이와 그보다 연한 인절미색 고양이가 나란히 정자 위에 앉아 지나가는 사람들을 바라본다. 사료통은 비어 있다. 단발머리가 아직 다녀가지 않은 모양이다. 한 녀석은 새끼를 밴 건지 몸이 부어 있다. 물그릇도 비어 있다. 편의점에서 사 온 고양이 캔을 사료통에 부어주자 녀석들은 허겁지겁 먹기 시작한다. 이가 좋지 않은지 몇 번이나 뱉었다가 다시 먹기를 되풀이한다. 한동안 먹는 것에만 열심인 고양이들을 보니 문득 지난겨울이 떠오른다. 12월, 용 선생을 취재하러 갔던 때였다. 용 선생의 집에도 고양이가 있었던가? 기억 속에 고양이는 없지만 고양이 같은 여자는 있었다. 작고 깡마르고 야생의 들고양이 같던 여자. 용 선생의 집에서 그 여자를 처음 보았다. 곧 노동자 집회가 있으니 그때 다시 보자고 했지만, 이런저런 일로 다시 만나지 못했다. 가끔 시위 장면을 보면 그들이 떠오른다. 며칠 전 회사 다녀오는 길에 용 선생에게 안부 인사를 보냈다. 답은 오지 않았다.

단발머리 여자가 다가와 사료와 물을 채우고, 정자 주변을 두리번거리다 내게 묻는다.

"혹시 꼬맹이 보셨어요?"

"그날 이후로 못 봤어요."

나는 고개를 저었다. 꼬맹이는 마을버스 정류장의 마스코트였다. 버스를 기다리는 학생들, 아주머니와 할머니, 아이들 할 것 없이 모두 꼬맹이를 챙겨주었다. 마을버스 기사들까지 종점이나 마찬가지인 이곳 정자를 사랑방 삼아 휴식을 하며 녀석의 재롱을 보았다.

단발머리는 잠시 후 다시 와서 종이를 정자 위에 붙인다. '꼬맹이 보신 분은 연락 주세요.' 굵은 매직으로 쓴 전화번호가 선명하다. 길고양이 삶은 하루도 무사한 적이 없다고 그녀는 걱정이다. 며칠 전에는 꼬맹이 귀 아래 털이 뽑혀 있었다. 싸움한 것인지도 모를 상흔이었다. 또 정자 맞은편 빌라에는 고양이 밥을 주지 말라는 팻말이 다시 붙었다. 빌라 주차장

뒤편에 있던 고양이 집도 겨울에 철거되었다고 단발머리가
말했다.

버스를 기다리던 중년 남자가 고양이를 힐끗 보며 말한다.

"이놈들 살찐 거 봐. 난 굶어 죽는데."

"신장이 나빠서 부은 거예요."

단발머리가 쏘아붙인다.

"고양이를 왜 챙겨? 애나 잘 챙기지."

중년 남자는 빈정거리며 단발머리를 위아래로 훑어 내린다.

"동네에 쥐 있는 거 보셨어요? 그리고 그게 애랑 무슨 상관
이에요?"

"동네에 고양이가 너무 많아. 자연도태 되도록 놔둬야지.
자연이 하는 일에 사람이 개입하면 안 되지."

남자는 대단한 이유라도 내세운 듯 턱을 치켜든다. 나는 갸
웃한다. 약육강식이 자연의 생리라고 하지만, 이미 자연의 순
리를 힘의 논리로 거스르고 있는 인간이 만든 세계 속에서, 당
위성을 찾기 힘든 룰이다. 약자에 대한 무관심은 후에 누군가
굶어 죽어가도 모른 척하게 되는 세상을 불러올지도 모른다.

남자가 가고 나자 단발머리가 속삭인다.

"건너편 치킨집 사장이에요. 여행사 간부였다가 코로나로
작년에 퇴직하고 프렌차이즈 사장이 되었죠. 그런 사람이 자
연도태 운운하는 게 말이 돼요?"

인경은 자신이 들고 온, 한지처럼 얇은 꽃잎의 리시안만큼 이나 창백하다. 퇴사 전보다도 더 홀쭉해졌다고 나는 말하지 않는다. 억지로 웃는 모습이 슬퍼 보인다고도, 마음 고생을 한 흔적이 역력하다고도. 대신 내가 보낼 수 있는 가장 환한 웃음을 보여준다.

"드디어 해방이다. 이러려고 간호사 된 게 아닌데……" 쇼 퍼백 안에서 인경은 검은 봉지를 꺼낸다. 입구를 풀자 지퍼 백에 담긴 콩나물이 보인다. 두 손으로 잡아야 할 만큼의 양 이다.

"콩나물이 이렇게 예뻤어?"

나는 신문지를 깔고 콩나물을 펼친다. 콩나물의 머리는 윤 기가 나고, 뿌리는 싱싱하고 연하여 건드리기만 해도 제풀에 툭 부러질 것 같다.

"조금만 기다려. 근사한 밥집을 찾았어. 엄마가 너 때문에 걱정이야. 한 끼라도 해 먹이고 싶지만 보시다시피 아직은 아 무것도 없어."

나는 버리려고 내놓았던 소주병에 꽃을 포장해 온 리본을 테이프처럼 둘러 꽃병을 만든다. 분홍색 리본 위에 연보라 리 시안이 잘 어울린다. 인경의 손을 잡고 나가자 햇살이 담벼락 의 능소화에 내려앉아 있다. 한 블록 떨어진 수산식당은 점심 시간이 좀 지나서인지 빈자리가 남아 있다. 밑반찬과 함께 볼 락과 가자미, 박대가 커다란 접시에 나온다. 노르스름하게 구워진 생선은 먹음직스럽다. 아침을 건너뛴 내 입에도 침이 고인다. 뚝배기 뚜껑을 열자 굴밥 위로 연기가 소복이 피어오른다. 조개탕은 바다 냄새를 내며 끓는다. 나는 딸려 나온 비닐 장갑을 끼고 먹기 좋게 생선 가시를 발라낸다.

"황후의 밥상인걸. 날마다 이렇게 먹으면 금방 살찌겠어."

"몸만 들어와. 언제든 환영이야. 그런데 파업 소식은 어떻게 되는 거니?"

인경의 인상이 어두워진다.

"언니도 뉴스 봤구나. 꼭 그래야 하는지 나도 모르겠어. 하지만 너무 힘들어. 우리를 천사라고 하는 말도 듣기 싫고, 힘내라는 응원도 싫어."

"사표 썼다며. 당분간 여기 와 있어도 돼."

"사표 수리가 안 됐어. 얼마나 버틸 수 있을지 모르지만. 엄마한테도 말 못 했지만, 그냥 사라져버리고만 싶어. 환자는 밀려드는데 충원해줄 간호사가 없다는 거야."

코로나 병동의 일손이 부족한데 환자들의 갑질까지 견뎌야 하는 간호사의 일상이 인경의 처지라고 생각하니 그제야 좀 실감이 나는 것 같다.

"환자들도 힘들지…… 하지만 지금 간호사 인력으로는 감당이 안 돼."

"단식 농성에 돌입할 수도 있다고 하던데……"

"그냥 이 바닥을 떠나고 싶을 뿐이야."

나는 국 대접에 조개탕 두 그릇을 퍼 밥그릇 옆에 나란히 놓고, 인경의 앞접시에 두툼한 생선 한 토막을 놓는다.

"얼마 만에 먹어보는 진수성찬인지 모르겠어."

인경이 웃는데 눈이 반짝거린다. 눈을 깜빡거리는 인경의 입가에 마리오네트 주름이 선명하다. 그 입에 싱싱한 푸른 쌈을 넣어주고 싶다는 생각을 하며 나도, 하고 대꾸를 한다. 결혼식을 물리고 한동안 밥을 먹지 못했다. 그때 생각나는 사람이 있었다.

집회나 농성을 하는 사람들을 볼 때마다, 또 무언가를 먹을 때 혹은 먹지 못할 때 가끔 용 선생의 집을 떠올린다. 목적은 취재였으나, 순수하게 이방인의 자격으로 내부인들의 속살을 볼 수 있었던 자리였다. 노동 현장에서 일하면서 노동자들의 권익을 대변하여 목소리를 내는 사람들과 단식 투쟁을 불사하는 일터의 전사들이 참석하는 자리였다. 노동운동 현장을 찍는 사진작가, 노조 행사나 집회를 기획하는 문화기획자, 그리고 그 현장에서 몸으로 투쟁하는 현장의 전사들 세 명이 함께했다.

그날은 단식 농성을 끝낸 여자 노동자를 위한 축하 모임이었다.

"오늘 주인공이 아직 안 나왔네. 아무리 잠이 와도 밥은 먹고 자야지."

젊은 남자가 그녀를 깨우러 갔다. 남자는 잠시 후, 작고 마른 길고양이 같은 여자와 함께 나왔다. 단식을 끝낸 여주인공은 초등학생의 몸이라고 해도 될 정도로 작고 깡말라, 광대뼈가 볼록 솟아 있었고, 자다 깬 그대로여서 옆머리가 위로 불쑥 뻗쳐 있었다. 그녀는 잠에서 완전히 깨지 못한 상태로 게슴츠레한 눈을 비비며 식탁에 앉았다. 다정하게 그녀를 식탁으로 안내했던 남자와 고양이 같던 여자는 서로 배시시 웃으며 눈인사를 했다.

"몇 달 만에 먹는 고기야. 오늘만큼은 원 없이 먹어도 돼. 그동안 고생 많았어."

용 선생의 말에 잔을 들고 건배를 외쳤다. 이들 중 단식을 안 해본 사람은 나밖에 없었다. 얼마나 단식을 오래 해봤느냐가 그들에게 중요한 이력이었다. 최소한 한 달 안팎을 물과 소금과 효소로 견뎌낸 이들이었다. 죽음의 고비를 함께하는 사람들이어서인지, 전우애라고 표현하는 게 더 맞는 분위기였다. 아사라는 문턱에서 살아 돌아온 생존자를 환영하는 파티였으니 작은 축제나 다름없었다. 놀랐던 것은 대학생이라고 해도 믿을 정도의 앳되고 해맑은 그들의 얼굴이었다.

그들은 이른바 강성들이었다. 노조를 조직하고, 무자비한 사용자들을 규탄하고, 변화를 위한 불법 집회를 불사하기에, 늘 쫓겨 다니는 사람들이었다. 그런데 그들의 얼굴은 맑고 고고한 기운이 흘렀다. 비록 그들이 살아온 삶만큼 거칠고 주름진 피부를 가지고 있을지언정 순한 눈매와 맑은 눈빛, 장난기 어린 표정 등 아직도 아이들 같은 순수함이 남아 있었다. 내가 짐작했던 것 이상으로 그들의 나이가 많아서 더 놀랐다.

용 선생이 말했다.

"단식 효과기도 하지요. 부러우면 해봐요. 장이 비워지면서 혈액이 맑아지죠. 그리고 임계점 같은 시간이 지나면 얼굴이 맑아지면서 아이 같은 표정이 나오나 봐요."

어쩌면 이들은, 옳다고 생각하는 것을 굽힐 수 없을 만큼, 세상의 때가 덜 묻은 사람들이 아닐까 싶었다. 실제로 용 선생도 그랬다. 타협을 모르는 삶이, 적당히 물러서서 비겁하게 사는 삶을 받아들이지 못했을 것이다. 그래선지 청년 같은 결기도 함께 배어 있었다.

길고양이 같던 여자 노동자의 몸은 사십 킬로그램도 안 되어 보였다. 이렇게까지 하지 않으면 살 수 없을까. 생명의 위험을 담보로 하면서 살아야 하는 세상은 어떤 세상인가. 단식을 밥 먹듯이 하지 않으면, 안 되는 삶은 어떤 삶일까. 해답 없는 질문들이 수면 위로 떠올랐다.

젊은 남자는 아이처럼 웃으며 상추에 고기와 마늘, 쌈장을 차례로 넣고 야무지게 뭉친 것을 아무렇지도 않게 길고양이 같은 여자의 입으로 가져갔다. 연인도 아닌 이성이 손으로 내미는 음식을, 부끄럼 많은 여자가 냉큼 받아먹었다.

"진짜 고생 많았어. 오늘은 원 없이 먹어."

그의 말이 진심이라는 것은, 그의 표정과 말투에서도 배어나왔다. 여자는 불룩해진 입을 수줍은 듯이 손으로 가렸다. 죽음에 버금가는 고난을 함께한 사람들이었기에, 자신들의 똥과 오줌조차 부끄럽게 여기는 것이 사치인 사람들이기에, 약점이 될지도 모르는 순진함, 수줍음, 연약함을 드러내 보일 수 있는 것인지도 몰랐다. 그들은 우리가 생각하는 것 이상으로 한 몸, 한마음, 한 영혼이었다. 그래서인지 먹여주고 먹임을 받는 행위가 이방인의 눈에는 더 특별하게 보였다. 먹임을 받는 행위와 먹임을 주는 행위는, 고난의 시간을 무사히 건너왔다는 표시였다. 그런 동료에게 줄 수 있는 가장 절실한 고마움의 표시가 바로 먹여주는 것이 아닐까, 이해되었다. 세상을 향해 입을 앙다물고 거부하던 농성에서 풀려났을 때 가장 먼저 해줄 수 있는 것은 그 닫혔던 문, 이제야 열린 문 안으로 무엇인가 넣어주는 행위일 것이다. 그때 그들 옆에 있는 것만으로도 마음이 뜨거워졌고, 모처럼 살아 있는 것같이, 가슴이 뛰었다. 죽음 가까이 갈수록 점점 더 힘차게 뛰는 심장으로 인해 살아 있음을 온몸으로 느낄 수 있을 것이었다.

오늘 아침에야 용 선생의 소식을 알았다. '전태일 3법' 입법 추진을 위해 거리 집회가 진행된다는 뉴스에서였다. 바이러스가 확산되면서, 가장 취약한 비정규직이 대거로 퇴사를 하게 된 것에 대한 항의 집회기도 했다. 집회가 진행되기에 앞서, 용 선생의 단식 투쟁에 관한 소식이 뉴스에 나왔다. 단식 중 쓰러져 앰뷸런스에 실려 가는 용 선생의 사진이 함께 실렸다. 그를 만나는 것은 늘 뉴스 속에서다. 단식 기록의 진기를 보여주는 서커스의 광대들처럼 단식을 밥 먹듯이 하는 그들. 그들은 지금 어떻게 지내고 있을까.

*

밤사이 요란하게 비가 내린다. 바람이 공원의 나무들 사이를 지난다. 다음날, 비가 그친 후 정자에 나가본다. 꼬맹이 없는 집에 세찬이가 혼자 누워있다. 부릅뜬 눈으로 낯선 이의 눈길을 받는다. 얼른 꼬맹이를 데리고 오라는 것 같기도 하다. 정자에도 찬 바람이 불기 시작한다. 정자의 평상 위에 전에 본 두 마리의 고양이가 머리를 맞대고 있다. 캔 하나를 따 빈 그릇에 부어준다. 두 마리의 고양이는 가르릉 소리를 내며 사료를 씹는다.

정자 앞 이면도로로 마을버스와 차들이 수시로 지나간다. 꼬맹이는 어디로 갔을까. 동네 노파가 정자에 들어와 앉는다. 나는 눈인사를 하고 꼬맹이 안부를 묻는다.

"아, 꼬맹이? 며칠 전에 고등학생들이 꼬맹이와 장난치는 건 봤어. 학생들이 한참을 같이 놀다 가는데 꼬맹이가 따라갔어. 위태위태해. 마을버스가 지나가는데 겁도 없이 길 한복판을 쌩쌩 가로지르니. 다 큰 고양이들이야 능구렁이들이라 잽

싸게 피하기라도 하지. 새끼 고양이들은 겁도 없어. 그때마다 내 간이 콩알만 해지지."

노랑이가 슬그머니 다가와 바닥을 짚은 내 손 위에 엉덩이를 얹는다. 고양이의 삶은 어떤가. 시간에 쫓기지 않는 삶은 어떤가. 고양이들처럼 평생 집 없이 늙어가는 삶은 어떤가. 이대로 계속 살아도 될까. 질문은 있어도 해답은 없다. 고양이와 내가 유일하게 닮은 점은 한 치 앞도 모르는 삶이라는 것이다. 며칠 전 단발머리에게 들었던 이야기가 떠오른다. 공원의 나무 그네 앞에 있던 스프레이 낙서에 대해서 말해준 사람이 단발머리다. 동네 할아버지 한 분이 그곳에서 목을 맸다고 했다. 그 일이 있고 난 후 동네 주민이 그네 앞 돌바닥에, 스프레이로 '자살 금지'라고 써놓았다고 했다. 그 이야기를 들으며 무슨 생각을 했던가.

노을이 깔리는 오후, 정자는 텅 비었다. 세찬이 집에 캔을 넣어준다. 세찬이는 입술 옆으로 불그스름한 체액을 흘리며 누워 있다. 고기 냄새가 나는데도 일어날 기미가 없다. 어깨뼈와 볼 뼈와 엉치뼈가 누워 있는 몸 밖으로 삐져나올 것처럼 튀어나와 있다. 밤마다 꼬맹이를 홀로 기다리던 세찬이의 모습이 떠오른다. 얼굴에 손을 갖다 대니 게슴츠레 눈을 뜨다 다시 감는다. 왠지 서늘한 기운이 전해진다. 본능적으로 오늘 밤을 넘기기 힘들 거라는 생각이 든다. 정자에 붙여놓았던 전화번호로 전화를 건다. 단발머리는 전화를 받지 않는다. 제발 전화 받아. 지금 세찬이가 죽어가고 있어. 누군가의 마지막 숨을 확인하는 것은 어떤 느낌일까. 저녁 바람이 서늘하여 소름이 오소소 돋는다. 무섭기도 하지만 추운 곳에서 혼자 숨이 멎게 내버려두는 것이 마음에 걸린다. 후회라는 단어를 떠올리고 싶지 않아서인지도 모른다.

세찬이를 이불 위에 내려놓고 담요를 덮어줄 때에도 세찬이의 눈은 고요히 감겨 있다. 낯선 곳이라는 의식도 못한 채다. 느리게 오르락내리락, 하던 가슴도 점점 더 약해진다. 녀석의 몸이 점점 더 차가워지고 있다. 세찬이의 몸이 완전히 식을 때까지 손을 떼지 못한다. 무릎을 세우고 앉아 있다 깜빡 잠이 든 모양이다.

날이 밝았을 즈음 단발머리의 전화번호로 세찬이의 마지막 사진을 전송한다. 전화벨이 울린다. 단발머리는 울음부터 터뜨린다.

"마지막을 따뜻하고 온기 있는 집에서 맞이해서 정말 다행이에요. 어제는 야근이 있었어요. 버스 안에서 잠이 들었는데 길을 헤매다 어느 집 문을 두드리는 꿈을 꾸었어요. 끝내 열리지 않는 문 앞에서 막막했던 마음이 아직도 그대로인데, 세찬이 마음이 그랬을까 영 마음이 안 좋네요. 그래도 고통 없이 제 명대로 살았으니 천수를 누린 거겠죠? 길고양이 평균 수명이 삼 년이라는데 세찬이는 운이 좋은 거겠죠?"

단발머리 여자는 확답을 받고 싶은 듯이 재차 묻는다. 세찬이를 안아 들었을 때 느꼈던 감정에 대해서는 말하지 못한다. 팔뚝 안쪽에 전해지는 녀석의 몸은 둔탁했다고도. 세상에서 겪었을 십수 년의 시간이 새겨진 몸이 너무 가벼웠다고도. 힘겹게 살아온 무게는 없고, 꺼져가는 숨만 가쁘게 느껴졌다는 것도. 나 역시 세상의 무게는 감당이 안 되는데, 언젠가는 솜털처럼 무게가 가늠되지 않은 순간이 올 것이다.

*

두 마리 고양이가 서로 등을 기대고 비를 피해 정자 아래 누워 있다. 인기척에 한 녀석이 먼저 어슬렁거리며 나와 바짓가랑이에 얼굴을 비빈다. 가져간 사료를 통에 쏟아붓자 녀석이 밥그릇 앞으로 다가와 먹기 시작한다. 이가 좋지 않은지 사료 깨무는 소리가 돌을 씹는 듯 힘겹게 이어진다.

이제 정자에 남은 고양이는 두 마리뿐이다. 이별은 너무 쉽고 느닷없다. 꼬맹이 사체를 수습한 사람은 단발머리의 남편이다. 그는 퇴근 무렵 언덕길에서 꼬맹이를 발견했다. 참혹하게 변하고 납작해진 꼬맹이를 차마 아내에게 보여줄 수 없어서 구청에 연락해서 사체를 바로 인계했다고 한다. 이제 노랑이 고양이 두 마리만이 이 정자를 지킨다. 지금 내가 바라는 건 정자에 남은 두 녀석, 노랑이 두 녀석이 무사하기를, 내년

봄에도 계속 볼 수 있기를 바랄 뿐이다.

우리가 맞닥뜨리는 시간은 우리에게 늘 최초의 시간이다. 한 번도 살아보지 않은 시간을 살아내느라 서툴고 두렵다. 처음과 끝은 다르고, 처음은 끝을 짐작할 수 없다. 살아오는 동안 뭐가 달라졌을까. 잘 참는 버릇이 생겼다. 작은 일에 발끈하고, 성깔을 부리고 살 때가 좋았다. 지금은 불의를 보면서도 잘 참고, 나쁜 말을 들어도 참고, 다른 사람에게 다른 사람이 하는 안 좋은 행동을 보고도 잘 참는다. 참으면 안 된다고 생각하면서도 습관처럼 참아진다. 그래도 눈이 오는 밤을 참을 수 없고, 비가 폭우처럼 쏟아지는 밤도 참을 수 없다. 얼마나 더 비겁해져야 살아남을 수 있을까. 싸우면서 겁먹지 않고 덤비는 일, 덤볐다 쓰러졌다 다시 일어서는 일을 다시 할 수 있을까. 바위에 부서진 계란을 쓸어 담는 사람이 될 수 있을까. 의리 없다는 말을 듣고도 잘 살 수 있을까. 남자 친구 없이도 잘 살 수 있을까. 결혼하지 않고서도 잘 살 수 있을까. 오늘 내가 가장 잘한 것 한 가지는 비 오는 날 고양이들 밥을 준 것이다. '우리는 무엇으로 사는가'를 떠올린다. 인경에게 카톡 문자를 보낸다. '나 벌써 할머니가 되려나 봐. 흰머리가 자랐어. 흰머리 날 때까지 살 거라고 생각을 못했는데.' 은색인지 흰색인지 모를 머리카락 하나가 정수리에서 반짝거린다.

화살이 누운 자리

민수는 드립 커피의 첫 모금을 마시며, 핸드폰을 꺼내 든다. 커피향이 코를 자극한다. 커피콩을 좀 진하게 볶은 듯하다. 오펜바흐의 첼로곡 「하늘 아래 두 영혼」과 「자클린의 눈물」을 다 들을 때까지 커피를 천천히 마신다. 미호의 카톡 프로필이 바뀌었다. '나 힘들어ㅠ' 사진은 암흑 속에 빛이 희미하게 숨어드는 풍경이다. 어제까지만 해도 '사랑해, 항상'이었다. 파스텔톤 배경의 하늘에 두 사람의 등이 달달하게 화면을 차지하고 있었는데 무슨 일일까. 미호의 전화번호로 뜨는 카톡 프로필 사진은 한두 달마다 바뀌는 것 같았다. 카톡 창을 닫는다. 무슨 일인지 모르지만, 관여할 수 없지만, 그 힘든 일이 무사히 빨리 지나가기만 바랄 뿐이다. 어젯밤에도 미호는 오지 않았다. '왜 한 번도 오지 않을까.' 꿈에라도 한번 나타나주었으면 했다. 그것마저 욕심인지도 모른다. 그래. 네가 오고 싶을 때 와. 오늘 나무를 심을 거야. 네 생일이 지나면 찬 바람이 불기 시작했지. 그는 혼자서 중얼거린다.

수해가 지나간 하늘은 흔적도 없이 푸르기만 한데 가을은 성큼 와버렸다. 마루로 나간 민수는 벽에 어깨를 기대고 황토 냄새가 나는 벽을 쓰다듬는다. 집을 지은 지 보름이 지났다. 소방도로 쪽으로 입구를 내고 그 안으로 방을 한 칸 넣은 단출한 집이다. 텔레비전도 라디오도 없어 사방이 새소리로 가득하다. 뒷문을 열면 풀이 자라는 뒷마당 너머로 개울이 보인다. 무덤보다는 크지만 사내 한 몸이 운신하기에 적당한 크기의 토방이다. 어쩌면 산 사람이나 죽은 사람이나 사는 집은 똑같다. 그 집을 만드는 민수의 손길은 더없이 정성스러웠다. 황토 모르타르로 미장을 끝내던 날 무덤 속의 잠처럼 길고 긴 단잠을 잤다. 더 이상 떠돌지 않고, 이곳에서 쭉 살아도 좋고 또 죽어도 좋겠다는 생각을 했다.

마당에는 황금 측백나무 열주가 아침을 기다리고 있다. 인도에서는 나무를 심은 곳에서부터 삶이 시작된다고 한다. 살 곳을 찾아다니다 물이 있고 땅이 좋은 곳을 찾으면 나무부터 심는다. 어제 오후 종묘상에서 좋은 녀석으로 골라 마당에 부려놓았다. 종묘상 주인은 울타리로 측백나무를 골라주었다.

"나무 향 때문에 멧돼지나 고라니를 쫓는다는 그 나무 말씀이지요."

어릴 적, 할아버지 산소 주변을 둘러싼 측백나무에는 늘 황금빛이 곱게 감돌았다. 햇살이 내리쪼이는 날에는, 소풍 나온 것 같은 기분을 만들어주던 게 바로 이 측백나무였다. 할아버지도 아버지도 지금은 없지만, 측백나무를 보고 있으면 그때 느꼈던 온순한 해와 바람이 그의 뺨을 부드럽게 쓸어안는 것 같았다. 측백나무 열주를 고르고, 노란 플라스틱 이름표도 몇 개 사 왔다.

민수가 밖으로 나가자 세리가 맴을 돌며 반긴다. 애견인들 사이에서 '시고르자브종'이라고 불리는 시골의 흔한 진도 믹스견이다. 사람이 그리워서인지, 친구가 그리워서인지 민수가 지나가기만 해도 꼬리를 프로펠러처럼 맹렬히 흔들며 낑낑거린다. 개들이 짖는 건 낯선 이를 경계해서가 아니라, 손길 한번 안 주고 지나가는 이가 매정해서 불러 세우기 위해서다. 민수는 사료그릇과 물그릇을 채우고 세리의 목덜미를 쓰다듬는다. 밤새 못 본 것이 안타까운 듯 연신 민수의 겨드랑이 속을 파고든다. 세리가 제 주인을 잃은 것이 얼마 전이다. 갈 데 없는 세리를 민수가 거두었다. 민수에게 마음을 연 것이 얼마 되지 않는다. 세리 집에 세리 주인이었던 김 노인의 옷을 넣어주었다.

비가 추적추적 내리다 말다 하던 날, 마을 뒤편에 김 노인의 물건들이 가득 쌓여 있었다. 김 노인이 세상을 떠난 후 줄을 끊고 도망친 세리는 한 달 만에 돌아왔다. 그동안 이웃 마을에서 가축들이 죽어나갔다. 민수가 개를 거둔 후에야 마을은 잠잠해졌다. 그대로 두면 떠돌이 개가 되어 덫에 걸리거나 포획되어 보호소로 가야 할 텐데 다행스럽게도 주인의 옷가지를 태우던 날 돌아왔다. 축축한 날씨에 불은 미적미적 오래 타들어가고 있었다.

"가는 순서를 누가 정하나. 난 안 댈꼬 가고 뭐 하는지……"

아흔 넘은 마을의 최고령 노파는 타들어가는 옷가지를 보며 한숨을 쉬었다.

"금세 지워지겠지, 또."

"그래도 안타깝지야."

동네 노인들이 한마디씩 거들었다.

흐린 날이면 세리는 제집에서 나오지 않는다. 그날을 기억하는 것일까.

케일밭에서 새잎 몇 개를 뜯는다. 냉장고 안의 케일은 쉽게 짓물렀다. 아침을 먹고 민수는 마당에 누워 있는 측백나무의 잔가지를 잘라낸다. 자라면서 한쪽으로 기우는 것을 막기 위해 균형을 맞추어주라고 종묘상 주인이 말했다. 밥을 먹던 세리가 귀를 세우고 짖는다. 민수가 고개를 들자 울타리 안으로 동네 이장과 아키가 들어선다.

칠십이 다가오는 이장은 지난겨울, 노인복지관에서 하는

영어회화반에 등록했다. 캐나다에 사는 딸 내외와 손자를 보러 가야 해서였다. 한동안은 길 가면서도 이어폰을 귀에 꽂고 다녔다. 그놈의 꼬부랑글씨가 뭐냐고, 투덜대면서도 눈은 소녀처럼 호기심으로 반짝였다. 사위는 고등학교 다닐 때 참전 용사였던 할아버지의 이야기를 듣고 한국에 왔다가 눌러앉아 체대를 졸업하고 태권도 사범증을 땄다. 결혼 후 딸 내외는 벤쿠버에서 터를 잡았고, 그곳 사람들에게 태권도를 가르쳤다고 했다.

이제는 그럴 필요가 없어졌다. 초록색 크록스를 신은 아키가 병아리색 배낭을 매고 세리에게 다가간다. 세리의 꼬리가 맹렬히 돈다. 외모는 이곳 여느 아이들과 비슷하지만, 눈빛만은 파래서 볼 때마다 이국적이면서도 슬픈 느낌이 나는 아이다. 원래 이름은 아키스 에이킨. 내년 학교에 들어가면 제 엄마의 성을 딴 구아키로 불리게 될 것이다.

"할머니 볼일 보고 올 테니 아저씨 말 잘 들어, 아키."

이장의 조곤조곤 말소리가 오르락내리락 리듬을 탄다. 아키는 레고 모형을 꼭 끌어안고, 힘차게 고개를 끄덕인다. 민수는 어제 종묘상에 다녀오는 길에 이장을 만났다. 오늘 면사무소에서 보내주는 견학을 가기로 한 날이라며 아키를 부탁했다.

이장이 눈에서 보이지 않을 때까지 아키는 손을 흔든다.

아키는 마냥 반갑다고 풀쩍 뛰어오르는 세리를 아직 무서

위한다. 꼬리를 살랑살랑 흔드는 세리를 피해 아키는 마당에
누워 있는 측백나무 옆에 가 앉는다. 길고 납작한 이파리를
손으로 쓸어보고 뒤집어보던 아키는 민수의 전정가위질을 물
끄러미 바라본다.

"이건 무슨 나무?"

"측, 백, 나, 무."

"저건?"

앞마당에 심어놓은 풍성한 초록 잎사귀들을 가리킨다.

"케일."

"아아, 케일 나무."

민수는 물조리개에 물을 적당히 채워 아키에게 주며 케일
을 가리킨다. 아키는 두 손으로 물조리개 손잡이를 잡고 낑낑
거리며 케일에 물을 준다. 물줄기가 포물선을 그리며 케일 잎
으로 떨어진다. 케일 잎에 물방울이 맺혀 반짝인다. 무언가를
발견한 듯 아키는 케일밭 앞에 쪼그려 앉는다. 달팽이를 들어
이리저리 살펴보다 다시 케일 잎에 얹는다. 비료를 주지 않아
달팽이들이 케일밭에 무시로 드나든다. 케일밭 가에 노란 풀
꽃이 고개를 내밀고 있다. 손톱보다 작지만 꽃잎과 꽃받침,
암술과 수술, 있을 건 다 있는 꽃이다. 민수는 케일 씨를 심을
때 풀을 다 뽑았다고 생각했는데 여지없이 자라는 풀꽃이 신
기하다. 꽃이 나온 이후에는 풀 뽑기를 그만두었다. 초록 케
일 위로 아키의 얼굴이 환하다. 민수는 삽을 내려두고 주머니

속에서 핸드폰을 꺼내 사진을 찍는다.

　문경 공사장을 찾아가던 길이었다. 산을 넘어가는 지름길을 잘못 들어 이곳을 지나던 민수는 고즈넉한 동네에 홀린 듯 차를 세웠다. 인근 소도시와 불과 오 분 거리인데도 시골 냄새가 물씬 나는 곳이었다. 장뇌목이라고도 불리는 아름드리 녹나무 한 그루가 동네 초입에 서 있었다. 그 그늘에 앉아 쉬고 있으니 개울물 소리가 들렸다. 눈앞으로 은회색 나무가 하늘로 곧게 뻗은 숲이 보였다. 자작나무 이파리가 민수에게 손을 흔들었다. 햇살이 바닥에 그림을 그리고, 바람이 그 그림을 흩어놓으며 정자에 앉아 쉬고 있던 민수의 마음을 홀렸다. 어디선가 단내가 났다. 주위를 둘러보니 참외밭이 있었다.

　문경 공사장에서 삼 개월 머문 후 돌아오는 길에 다시 이곳을 찾았다. 참외 향이 진해졌다. 한달음에 이장을 찾아가 집지을 수 있는 땅에 대해 의논했다. 시골이라 노는 땅도 어렵지 않게 찾을 수 있었다. 이 터의 주인은 고향 땅을 정리해서 서울 아들네로 간다고 했다. 집터는 민수의 소유가 되었다. 사람들이 드나들 수 있는 진입로를 만들면서 마을에 해가 되는 건 없는지 꼼꼼히 조사했다.

　집터 뒤편에 개울이 있어 지반이 경사져 있었다. 다행히 지반이 단단한 땅이라 많은 일은 필요하지 않았다. 바닥을 높이고, 땅에서 올라오는 습기를 막기 위해 비닐을 깔고, 기초 공사와 배관 작업과 전기 배선 작업을 차례로 마쳤다. 그런 후 흙집의 통나무 골조를 만들기 위해 박피 작업을 시작했다. 나무 기둥의 흰개미를 막기 위해 초석 중앙에 홈을 파고 참숯과 소금을 반반 비율로 섞어 가득 채우고 기둥을 세웠다. 미호는 개미를 유독 무서워했다. 개울 쪽으로 큰 창을 내고, 하늘이 잘 보이는 천창도 넣었다. 한 철이 금세 지나가고 동네 사람들과도 친해졌다. 목수가 이사 온다는 소문에 사람들이 이런저런 부탁을 해왔다. 젊은 남자가 드문 동네라 그동안 허술하게 지냈던 동네의 집들을 구석구석 손봐주었다. 김칫독도 미리 묻어주고, 전기 배선도 손봐주자 동네에서 무리 없이 민수를 받아주었다.

그동안 다른 사람들의 집을 지어주기 위해 전국을 돌아다녔다. 도시 변두리나 시골에는 빈집들이 많았다. 호박이 담에 넘쳐나고, 나팔꽃이 흐드러지게 피어도 주인 없는 것들은 왠지 표가 났다. 빈방, 깨진 창, 마당에 뒹구는 주인 없는 인형들, 주인의 땀이 말라붙은 채 버려진 이불과 아무도 걷어주지 않는 빨래. 그 옆에 모질게 입을 다물고 있는 낡은 빨래집게. 그것들 사이에서 꿋꿋하게 빈집을 지키는 것은 풀이었다. 떠난 주인이 심어놓았지만 돌보지 않아 웃자란 케일과 어디선가 날아와 싹이 튼 민들레, 개망초들이 주인을 기다리기라도 하듯 피어 있었다. 빈집은 사람 마음속에도 있었다.

잠시 손을 놓고 일을 쉬었던 적이 있었다. 이장과 함께 서울 갔을 때였다. 이장의 딸 내외가 사고를 당해, 손자 아키를 데리러 다녀왔다. 얼마 후 민수는 부모 잃은 아키와 자식 내외 잃은 이장이 묵묵히 손을 잡고 면사무소 쪽 다리를 건너가는 것을 보았다. 머리꼭지에 조종실이라도 매달아놓은 것처럼 허청거리는 이장의 발걸음은 누군가 그 실을 끊기만 하면 폭삭 주저앉을 것처럼 조마조마했다. 민수는 목재를 싣고 오던 길이었다. 트럭에 이장과 아키를 태워 집에 데려다주었다. 다음 날 민수네 마루에 자그만 박스가 놓여 있었다. 커피콩과 그라인더였다. 쪽지 옆에 쪽파와 참외가 가득 든 검은 비닐봉지가 함께였다. 평소에 딸과 사위 자랑을 많이 했던 터였는데 졸지에 자식을 잃은 이장은 한동안 제정신이 아니었다. 손자에게 밥을 해 먹이기는 하겠으나 쌀인지 보리인지도 모르고 밥을 지을 게 뻔했다. 저녁은 민수가 지어 먹었고, 그다음 날은 옆집의 세리네 할머니가 그들을 보살펴주었다. 이장도 손자에 대한 책임감에 마지막 정신까지 놓지는 못했다.

민수는 울타리 즈음의 땅을 판다. 나무를 심는 일은 집을 짓는 일보다 어려운 것 같다. 살아 있는 것이니 더 그럴 것이다. 수평을 잘 맞추어야 하고, 새 뿌리를 내릴 때까지 돌봐야 한다. 민수는 첫 그루를 심고 흙 사이에 공기가 생기지 않게 자박자박 밟는다. 흙 속에 공기가 들어가면 나무가 고사한다고 종묘상에서 알려주었다. 나무둥치 주위로 흙을 돋우어 동심원 모양으로 만든다.

아키는 모종삽으로 마당 한쪽에 쌓인 모래를 마당에 뿌리고 그림을 그린다. 모래가 날려 제 신발 위에 떨어지자 작은 손으로 모래를 긁어내느라 애를 쓴다. 녀석의 뒤통수가 햇살에 반짝인다. 얇은 습자지만큼이나 투명한 햇살이다. 민수는 핸드폰을 꺼내 아키의 모습을 사진에 담는다. 너무 여려 어떤 것도 보호해줄 수 없는 무구함은 언제까지 지속될까. 그것이 허망하게 뚫리는 순간은 어떻게 지나갈까. 미호는 제 엄마를 닮아, 엷은 갈색의 머릿결이 햇볕 아래서는 황금색이 되곤 했다. '노랑머리'라는 아이들의 놀림도 놀림으로 들을 줄 몰랐다. 샌들 속에 낀 모래를 털어내던 미호는 손바닥에 묻은 반짝이들을 신기해하며 민수에게 보여주었다.

몇 달간의 공사를 마치고 집에 돌아오면 미호 엄마와 미호가 있어 좋았다. 어디를 떠돌든, 얼마를 떠돌든, 집이라고 찾아들면 반기는 이가 있어 좋았다. 늘 그럴 줄 알았다. 미호는 오랜만에 아빠와 함께 노는 게 신났는지 팔짝팔짝 뛰었다. 그날도 나무 그림자가 모래 위에 흑백사진처럼 여러 가지 그림을 그려놓았다. 미호는 미끄럼틀 옆에 쪼그리고 앉아 소꿉놀이를 했다. 공단 끝에 다닥다닥 붙은 연립주택에 살 때였다. 미호는 몸이 약해 환절기만 되면 감기를 앓았다. 미열을 달고 살았고, 기침을 달고 살았다. 봄에는 황사와 꽃가루로 괴로워했고, 여름에는 공단에서 풍기는 악취와 미세먼지로 힘들어

했다. 미호는 한 달에 한 번 보는 아빠가 오는 날을 수줍게 기다렸다. 하루가 다르게 성장해가는 미호의 모습에 민수의 가슴이 뻐근해졌다. 어느 날 미호가 물었다.

"다른 아빠들은 매일 집에 들어온대. 자고 나면 아빠가 와 있대."

"아빠는 중요한 일을 해야 하니까 자주 못 오는 거야."

"집 만드는 게 중요한 일이야?"

"세상의 집 없는 사람들에게 둥지를 만들어주는 거니까."

"아주 중요한 일이지? 진짜 중요한 일."

미호의 말에 민수는 고개를 끄덕였다. 나이보다 철이 빨리 든 미호를 대견해했지만 지금 생각해보면 진짜 중요한 일을 놓치고 있었다. 학교에 들어가면서 미호의 카톡 프로필은 아빠와 엄마, 혹은 친구들, 좋아하는 연예인들로 바뀌었다.

민수는 첫번째 나무를 심고 나무 주위로 동심원을 판 후 허리를 편다. 아키는 케일 위의 달팽이를 찾는지 케일 잎을 들썩인다.

"아키야, 나무에 물 주자."

아키는 물조리개를 찾아 나무 주위의 둥근 고랑에 물을 준다. 옅은 바람이 지나갈 때마다 측백나무가 흔들리면서 산란하는 황금빛이 민수의 눈을 어지럽힌다. 납작한 이파리에 코를 댄다. 측백나무 특유의 향이 무덤 속의 염라충을 쫓는다고 들었다. 염라충이 몸 안에 자라는 것 같아 자다가도 벌떡 일어났던 때가 있었다. 한편으로는 그의 몸 안에 염라충이 자라 이미 썩어 문드러진 장기를 뜯어먹기를 바랐다. 살아 있는 사람의 몸으로 염라충에게 몸이라도 보시하고 싶었다.

마지막 나무를 심고 민수는 허리를 편다. 한나절이 지나갔다. 마지막으로 노란 플라스틱 이름표에 날짜를 적고 구아키, 이민수, 이미호, 김선희, 임홍희 이름표를 단다. 이름표를 보던 아키는 목에 건 펜던트 목걸이 뒤에 음각된 자신의 이름을 보여주고, 펜던트의 뚜껑을 연다. 사진 속에 이장을 닮은 젊은 여자가 있다.

"아키가 엄마 닮았구나."

아키는 고개를 끄덕이며 자랑스러운 얼굴이 된다.

"엄만 나보다 더 예뻐. 나보다 백배는 더 예뻐."

읍에서 사온 크로와상의 버터 냄새와 커피 냄새가 잘 어우러진다. 카카오닙스를 뿌린 요거트를 먹는 아키의 입가에 하얀 눈이 쌓였다. 야무지게 컵을 잡고 있는 모습이 낯익다. 민수가 식탁을 치우는 동안 아키는 선반 위의 생일파티용 고깔모자를 쓰고 불자동차 놀이를 한다. 미키마우스 그림이 그려진 고깔모자의 가장자리는 하얀 솜과 진주 비즈로 장식되어 있다. 민수가 가만히 아키를 보고 있을 때 아키가 맑은 눈동자로 민수를 본다.

"아저씨 눈 안에도 있어."

호기심 가득 담은 눈으로 그의 눈을 가리킨다.

"뭐가?"

"아키."

아키는 손가락으로 민수의 눈 안에 있는 제 모습을 가리키며 신기한 듯 고개를 이리저리 돌려본다. 그 안에서 찾고 싶은 것이 있는 것 같다.

미호 역시 그렇게 말한 적이 있었다. '아빠 눈은 거울이야. 아빠 눈 안에 텔레비전도 있고, 시계도 있고, 미호도 있어.'

"아, 다람쥐다."

익숙한 소리에 민수와 아키가 투명한 아크릴로 마감을 한 천창을 올려다보며 동시에 소리친다. 가끔 솔방울이 떨어지기도 하고, 다람쥐가 지나가기도 하고, 빗방울이 떨어지기도 한다. 아키는 눈을 동그랗게 뜨고, 불자동차의 사다리를 천창을 향하게 하고 물을 뿌리는 흉내를 낸다.

"쉬익, 쉬이이익."

"여기도 불이 났어요."

민수가 아키의 불자동차와 나란히 서 있는 장난감 레고 집을 들어 보이며 말한다. 빨간 지붕을 얹은 이층집이다. 아키는 불자동차를 들고 빨간 지붕 집 주변을 빙빙 돈다. 집 이층 창마다 불꽃 모양의 스틱이 서 있다.

"걱정 마세요. 불자동차가 있으니까요. 쉬익, 쉬이이익."

가끔 아키는 아이답지 않게 문밖의 먼 길을 내다본다. 그제도, 어제도, 오늘도, 내일도 이런 날들이 계속되리라는 것을 알고 체념한 것일까. 그러면서도 밖에서 소리만 나면 고개를 내민다. 언젠가 아키는 레고 집을 가리키며 여기는 현관, 여기는 부엌, 그리고 여기는 아키 방. 그리고 여기는 아빠 방, 하다 시무룩해지더니 이내 레고 집을 배낭 안에 밀어 넣었다.

유독 딸과 닮은 아키의 눈을 볼 때마다 이장의 가슴은 화살 맞은 것처럼 타들어간다고 했다. 이장 회의 말미에 하던 짜장면 파티가 언제부턴가 칼국수 파티로 바뀌었다. 장날 짜장면 집에서 점심 회식을 하고 있을 때 사고 전화를 받은 이장은 입으로 들어가다 만 검은 면발을 입에 문 채 바닥에 주저앉았다.

"미호가 없어졌어요."

민수의 심장을 쏜 첫 화살이었다. 미호와 미호 엄마와 민수의 인생이 4분의 3박자 왈츠 리듬에서 장중한 레퀴엠으로 바뀐 순간이었다. 어쩌면 민수의 심장을 겨눈 첫 화살이 아니었는지도 모른다. 아내를 만나기 전 민수의 인생은 남들이 손가락질할 일은 다 해본 구제불능이었다. 사춘기 때는 폭력, 흡연, 술주정, 학교 무단 이탈과 좀도둑질 등 그 나이에 할 수 있는 불량한 것들을 모두 섭렵했다. 그나마 지금 평범하게 살수 있는 것은 피붙이도 아닌 아이를 친손자처럼 봐준 민수의 할머니 덕분이었다. 망나니 같던 자식에게 과분하다는 듯 민수의 엄마와 민수에게 담뿍 사랑을 주었다. '할머니, 미안해. 할머니는 좋지만, 할머니 아들은 개자식이야.' 그런 마음으로 열여덟 살 민수는 집을 나갔다. 그즈음 한창 세를 불리려던 조직에서 민수를 불러들였다. 깍두기 생활이 그렇듯 두어 번 폭력으로 교도소를 들락거렸다. 폭행죄로 교도소에 들어왔던 대목을 만난 것이 민수의 인생에 큰 전환점이 되었다. 민수의 아내는 고등학교 동창이었다. 그때까지 기다려준 미호 엄마와 제대로 살아보기로 하고 결혼이란 걸 했다. 미호 엄마를 처음 보았을 때 자신의 모습에 대해 누군가에게 부끄럼을 느낀 것은 처음이었다. 세상에 대한 전투력으로 버티던 민수의 인생에 말랑말랑하고 부드러운 것이 스며들어왔다. 할머니의 눈빛과 비슷한 느리고 순한 온기를 느꼈다. 결혼 후 대목을 따라다니며 집을 지었다. 미호가 태어났을 때 세상이 민수를 환대하고, 세상의 일원으로 받아들인 것 같았다.

어느 날, 하교 후 친구들과 헤어진 후 미호는 돌아오지 않았다. 세 식구를 태운 회전 관람차가 공중에서 멈춘 것 같았다. 신문은 연일 미호의 기사로 도배되었다. 보고 싶지 않아도 보아야 하고, 듣고 싶지 않아도 들어야 하는 것들이 있었다. 민수와 아내는 범인의 얼굴을 신문에서 보는 것조차 고통의 연장이 되었다. 동네 사람들은 그들을 동정했지만 아무런 도움이 되지 못했고, 오히려 화살이 되기도 했다.

미호의 사망신고를 하고 얼마 후 미호의 카톡 프로필과 대화창이 회색으로 바뀌었다. 그래도 그는 미호의 카톡을 지우지 못했다. 미호 엄마도 하나뿐인 언니에게로 떠났다. 한 생물의 생장 주기가 있다면 미호 엄마는 그때 이미 끝났다. 민수 역시 그랬다. 민수의 수염이 그랬고, 민수의 머리카락이 그랬다. 하얗게 세어버린 수염은 손보지 않아 덥수룩하게 자랐고 나뭇동처럼 질끈 묶은 머리는 빈집의 잡풀처럼 제멋대로 자랐다. 민수는 제 몸에서 무언가가 자란다는 것을 용납할 수 없었다. 손톱, 발톱, 머리카락이 자라는 것은 자신이 살아서 연명하는 것 이상으로 생이 자신을 붙들고 있는 것 같았다. 미호 엄마가 떠난 후 삭발을 했다.

미호 엄마와 연락이 끊긴 지도 몇 해째다. 미호를 떠오르게 하는 모든 것이 미호 엄마에게는 고문이었을까. 모든 걸 잊고 싶어 한다고, 연락하지 말라고 처형이 연락을 했다.

미호를 무너뜨린 세계를 민수 역시 무너뜨리고 싶었다. 재판이 진행되는 동안 민수는 밤마다 재판에서 본 그 범인의 심장에 칼을 박아 넣었다. 밤마다 그는 불사조처럼 다시 살아났다. 민수의 머리가 화살촉이 되어 날마다 벽에 부딪쳤다. 뾰족한 화살이 된 몸으로 세상 어디든 뚫어버리고 싶었다. 그즈음 유가족 모임에 나가기 시작했고, 사형 제도를 부활해달라는 시위에도 참가했다.

"다들 어떻게 살아가지?"

피켓을 챙기고 돌아오던 날, 거리의 사람들을 보며 민수는 상실감과는 다른 감정을 느꼈다. 당황스러움과 배신감 같은 것이었다. 민수는 자신에게 닥친 일에 분노하는 것만이 자신이 할 수 있는 유일한 일이라고 생각해야 살아졌다. 최악의 사고는 나한테 일어난 사고다. 하물며 사고가 아니라면.

한동안은 민수의 손에 해머가 들려 있었다. 건물 철거반을 따라다녔다. 한 세계가 파괴되는 것은 사람이나 건물이나 같았다. 크든 작든 세계를 만드는 데는 그만큼의 시간과 공이 들고 더디지만 무너지는 것은 한순간이었다. 수명을 다한 건축물이든 아니든 중요하지 않았다. 어떤 기술과 기교를 부리든지에 상관없이 허무하리만치 빠르게 무너졌다. 철거반 첫날 무너뜨린 건물은 운동장 절반만 한 육층 건물이었다. 오래된 상가였지만 도심이 옮겨간 후 폐쇄된 건물로 남아 있었다. 다이너마이트를 고루 설치하고 레버를 당겼다. 무수히 많은 문과 창문, 기둥과 계단과 엘리베이터가 순식간에 무너져 내렸다. 그때마다 그는 그 잔해들을 모두 미호의 부장품으로 바쳤다.

때로 건물로서 생애를 다했다고 볼 수 있는 낡은 건물은 파쇄되거나 절단되어, 갈가리 찢겨나갔다. 잘려져 나간 콘크리트, 목재, 석고, 시멘트들 사이로 드러난 철근들이 내장처럼 뒤엉켜, 살아 있을 때와는 다른 흉물이 되어 인간에게 시위하는 것 같았다.

해머를 든 지 일 년을 훌쩍 넘긴 어느 날 미호 번호의 카톡 프로필이 다시 바뀌었다는 사실을 알았다. 초록색 멜빵바지를 입은 아이의 독사진이었다. 그 아래 '디데이 400일'이라고 쓰여 있었다. 다른 누군가가 미호의 옛 번호를 사용하고 있는 거였다. 가끔 케이크 사진이나 여행지 일몰이 올라오기도 했다. 그 프로필을 보는 것이 민수의 일상이 되었다. 미호의 프로필에 이름이 그대로 남아 있었기에, 미호가 다른 곳에 살아있는 것 같았다. '미호야, 어디서 뭐 하고 있니? 아빠한테 한 번만 와줄래?' 썼다가 지우기를 몇 번 했을 즈음 민수의 카톡 프로필 사진이 전원주택으로 바뀌었다. 숲속의 통나무집이었다.

얼마 전부터 민수는 다시 집을 짓기 시작했다. 웰빙 바람을 타고 전원주택이 인기였고, 그중에서도 친환경 황토집이 유행처럼 번졌다. 현장에서 일할 사람이 부족하다고 연락이 자주 왔다. 이곳에 터를 잡기 전 숯가마찜질방, 절, 별장, 전원주택 등을 지었다. 흙집을 짓는 동안 민수는 흙과 함께 살았고, 가끔 집을 짓기 위해 부려놓은 황토를 주물럭거리고 있는 자신을 발견했다. 잠시나마 미호의 몸을 잊었다. 흙을 치대고 있을 때면 마음이 가라앉았고 괴로운 마음을 조금이나마 잊을 수 있었다. 손이 머리를 지우고 있었다. 열 손가락 사이를 물처럼 부드럽게 빠져나가고, 손가락 힘에 따라 자유자재로 움직이는 진흙을 만지면 그 안에 든 영혼이 민수의 손에 온순히 복종하며, 자신의 소임을 다하는 서늘한 힘이 느껴졌다.

자고 일어나도 묵직하기만 하던 가슴이 언젠가부터 의식할 수 있을 정도로 가벼워지고 있었다. 사람들에게 웃을 수 있는 여유는 없었지만, 노기 띤 팽팽한 긴장의 화살은 이때부터 속도와 힘이 확연하게 느려지고 순해졌다.

아키가 마루 끝에서 달팽이 한 마리를 발견하고 민수의 어깨를 흔든다. 달팽이는 더듬이를 레이더처럼 움직이다 멈추어 선다. 아키는 엄지와 집게로 달팽이를 들어 올린다. 민수는 마당에 나가 언젠가 주워놓은 빈 어항에 톱밥과 축축한 대팻밥을 가져다 바닥에 깐다. 케일 한 잎을 따서 어항에 넣고 마루로 갖고 온다. 민수가 달팽이를 들어다 어항 속에 넣어주자 더듬이를 한참이나 움직이던 달팽이는 사각사각 소리를 내며 케일 잎사귀에 구멍을 낸다.

아키는 노란색 배낭에서 꺼낸 동화책을 민수에게 내밀고 민수의 무릎에 앉는다. 민수는 동화책 속의 그림처럼 손가락으로 한 글자 한 글자 짚어가는 녀석의 머리에 코를 묻는다.

"……아기곰 코다는 엄마의 입김이 세상에서 가장 따뜻하고 달콤했어요……"

북극곰 코다와 사냥꾼 보바의 이야기다. 민수의 코끝에 비리면서도 단내가 스며든다.

함께 목욕탕에 다녀온 후 노곤해진 몸을 눕히자마자 아키는 잠이 들었다. 민수의 머릿속에 '내일' 해야 할 일이 떠올랐다. 그동안은 영원히 오늘만 계속될 것만 같은 날들이었다. 내일은 데이지와 양귀비와 수레국화 모종을 사다 집으로 들어오는 초입까지 심을 예정이다. 하얗고 붉고 푸른 꽃길이 미호를 이곳으로 데려올 것 같다.

저녁이 다가오자 귀뚜라미가 운다. 민수가 세리의 밥을 주고 저녁 준비를 하고 있을 때 아키의 울음소리가 났다. 아키는 어두운 방 안에서 엄마를 서럽게 부르며 무언가를 찾고 있다. 민수는 그제야 좌탁 위에 있는 레고로 만든 불자동차와 이층집을 아키에게 가져다준다. 잠시 울음을 그치고 그것을 본 아키는 더 크게 울음을 터뜨린다.

"이거 아니야. 아니야."

아키는 레고로 만든 빨간 지붕 집을 가리키며 머리를 도리도리 저었다. 아키가 잠든 사이 그는 이쑤시개에 초록색 실을 감아 만든 나무를 이층집 레고블록의 마당 홈에 꽂았다. 빨간 지붕 집의 불난 창문도 떼내고 집 안의 사람 모형들을 모두 소방차로 옮겨 실었다. 달라진 것은 그것뿐이었다.

"다시 만들어줄게. 원래대로 해줄게."

민수가 달래보지만 아키의 울음은 그치지 않는다. 평소에 투정을 부리는 일 없던 아키였다. 아키의 느닷없는 행동에 당황하여 그의 손이 떨린다. 소방차 위의 사람들을 집 안으로 옮기기 위해 빨간 지붕 집의 창문을 떼는 사이 아키는 울면서 밖으로 뛰어나간다.

문득 민수는 자신의 빈손을 내려다본다. '아키야.' 머릿속이 캄캄해지고 심장을 누군가가 망치로 두드리는 것 같다. 그는 밖으로 나가 마을 쪽으로 가는 길을 본다. 작은 몸이 어디로 숨었는지 보이지 않는다.

　"아키야."

　두 손으로 나팔을 만들어 외친다. 저물어가는 저녁 새소리만이 그의 고함에 화답을 한다. 식은땀이 그의 몸을 타고 흐른다. 사방을 둘러본다. 해가 산 너머 걸려 있다. 아직 여섯시도 안 되었는데 날이 어두워지려고 한다. 다시 아키를 부른다. 문득 목욕탕에 다녀오다 아키와 들렀던 자작나무 숲이 떠오른다. 그곳으로 아키가 민수의 손을 잡아끌었다. 아키는 그곳에서 자작나무의 하얀 수피를 벗겨보고, 다람쥐를 찾아내고, 사슴벌레를 갖고 놀고, 알록달록한 버섯이 피어나는 것을 보았다. 나무둥치를 안으며 둘은 함께 깔깔거렸다.

　민수는 숨이 턱 끝에 차오르도록 달린다. 발소리와 가쁜 숨소리 뒤로 세리가 짖는 소리가 컹컹 울린다. 핏기 없이 바래버린 민수의 얼굴이 바들바들 떨린다. 알록달록한 잎으로 빽빽한 가운데, 쏟아져 들어오는 늦은 해의 빛이 눈부시다. 숲이 노을에 발갛게 물든다. 또 다른 세상으로 들어가는 문을 통과하는 것 같다. 자작나무 숲으로 들어서자 수채물감처럼 투명하게 번져오는 빛이 바람처럼 부드럽게 민수를 감싼다. 빛의 삼원색이 마주쳐 빚어내는 스포트라이트의 환한 빛 한

가운데로 민수는 발걸음을 옮긴다. 지금쯤이면 해가 졌을 시간인데 기이하게 밝은 것이 이상스러우면서도 그 빛이 통증처럼 민수를 조여온다. 민수의 눈이 점점 더 흐려진다. 영혼을 잃고 뒷걸음질 치는 그림자처럼 허청거리다 그는 시계를 본다. 이대로 어두워져버리기라도 한다면……

어디선가 시큼한 레몬 향이 바람 속에 묻어온다. 레몬을 한 움큼 깠을 때 맡을 수 있는 냄새. 사방을 둘러본다. 나무와 나무 사이의 투명한 빛 사이로 실루엣이 움직인다. 민수는 놓칠세라 그 빛을 향해 뛰어든다. 실루엣은 다시 사라진다. 멍하니 향기를 쫓아 두리번거리고 있을 때 누군가 민수의 눈을 가린다. 작고 따뜻하고 부드러운 손끝에서 레몬 향이 난다. 익숙한 감기약 시럽의 냄새다. 민수의 눈을 가린 작은 손을 그는 꼭 쥐고 놓치지 않는다. 민수의 몸이 서서히 그 향기를 따라 증발해버릴 것 같다. 육체가 무게를 잃고 점점이 흩어져 수증기처럼 공기 속으로 빨려 들어간다. 몸이 가벼워졌다고 느낀 순간 자작나무 숲이 눈 아래로 보인다. 아래로 숲과 개울이 보이고 민수의 토방이 보이고, 아키와 이장이 사는 집이 보인다. 민수의 등이 묵직하다. 따스한 체온이 민수의 등과 어깨에 느껴진다. 민수의 목덜미에서 레몬 향이 난다. 민수는 미호의 체온을 기억하고 있다. 어릴 때부터 유독 체온이 높은 미호는 특히 찬 바람이 불면 미열이 가시지 않았다. '미호다. 미호가 왔다.'

감격할 새도 없이 눈 아래 조그만 아이가 달려가는 것이 보인다. 아키다. 순식간에 추락한 듯 민수는 바닥으로 쓰러진다. 꿈을 꾸었던 것일까. 민수는 꿈에서 보았던 쪽으로 달린다. 슬프고 작은 다람쥐 같은 아키가 민수 눈앞에 보였다 나무 뒤로 사라진다. 순식간에 따라잡은 민수가 아키를 안으려다 함께 넘어져 뒹군다. 품 안의 다람쥐는 있는 힘껏 몸부림치다 민수를 부둥켜안는다. 미호가 강아지처럼 뛰어와 가슴에 안길 때의 충만했던 몸의 기억이 되살아난다. 눈물이 맺힌 깊고 검은 눈이 민수를 응시한다. 그 안에서 미호의 눈도 함께 본다.

늦은 밤 아키는 이장의 무릎을 베고 잠이 들었다.

"오랜만에 커피 향이 좋네요."

민수가 커피콩을 갈자 이장이 코를 흠흠거린다.

"오랜만에 맡아보는 냄새네요. 딸이 바리스타가 되겠다고 했던 때가 생각나요."

김이 나는 드립커피를 내밀자 이장은 고개를 흔든다.

"이젠 카페인도 당해낼 수가 없어요. 그냥저냥 살아는 지는데, 깊은 잠에 들지는 못하는 것 같아요."

그는 고개를 끄덕이며 메밀차 티백 위에 끓는 물을 붓는다.

민수가 낮에 있었던 일을 말하자 이장은 고개를 끄덕이며 발갛게 부은 아키의 눈언저리를 쓸고는 핸드폰에 저장된 사진을 보여준다. 아키가 살았던 집 근처 자작나무 숲이라고 한다. 그곳에 세 사람이 서 있다.

"레고 집은 제 아빠가 만들어준 거라고 나도 못 만지게 하는 거예요. 그거 만들어주고 얼마 안 있어 사고가 나는 바람에 매일같이 그걸 제 아빠 대신 끌어안고 자던 거예요."

이야기하는 중간중간 이장은 쓸쓸한 미소를 띠었다. 이장은 잠든 아키를 등에 업고 측백나무 울타리 너머로 흔들흔들 걸어간다. 이장을 배웅하고 민수는 마루 끝에 앉아 밤하늘을 바라본다. 녹나무 위의 달이, 비 온 후의 뒷마당 개울에도 떴다. 두 개의 달이 나란히 떠서 두런두런 얘기하는 것 같다. 미호 엄마는 무엇을 하고 있을까. 어떻게 살고 있을까. 민수가 내려주는 커피를 좋아했는데 지금도 커피를 마실까. 언제쯤 함께 미호 이야기를 할 수 있을까. 누군가와 미호 이야기를 하고 싶은 밤이다.

날숨

응급실에 있으면 세상 사람 모두 응급 환자 같고, 중환자실
에 있으면 모두 중환자 같다. 어제 저녁 여섯시 무렵 정신을
잃고 심정지가 온 석호는 요양 병원 간호사의 심폐소생술로
겨우 의식을 회복했다. 식사를 마치고 하정이 식기를 내다 놓
는 사이 화장실 세면대 앞에서 쓰러졌다. 둔탁한 소리에 놀라
화장실 문을 열고 들어간 하정이, 쓰러져 있는 그를 발견하
고, 얼른 간호사를 불렀다. 순식간에 그의 손발이 거무스름해
지고 있었다. 그는 호흡이 돌아온 후에도 의식과 무의식의 중
간쯤에서 하정의 이름을 부르며, 밤새 했던 말을 반복하며 횡
설수설했다. 아침에 응급실로 가는 구급차를 타면서 다시 의
식을 잃었다. 연명치료를 할 건지 말 건지 묻는 의사의 말에

하정은 주말까지라도 해보겠다고 했다.

봄이 시작될 무렵 석호는 가끔 구토를 했다. 임파선에 종양이 생겼다는 것을 안 것은 얼마 되지 않았다. 귀 아래 혹을 발견했다. 종양의 가능성이 제기되었다. 검사 결과 악성이었고, 진행이 많이 된 상태였다. 혀와 목의 임파선을 절제했다. 의사는 석호에게 다양한 표정의 얼굴을 요구하며 사진을 찍었다. 수술 부작용으로 안면 마비가 있을 때를 대비한다고 했다. 수술은 성공적으로 끝났다. 가을이 되면서 급작스럽게 석호의 상태가 나빠졌다. 안심하고 방심한 사이 염증이 다시 퍼졌고, 암으로 진행되었다. 항암치료를 끝내고 석호를 요양 병원으로 옮겼다가 다시 나빠진 것이었다.

석호는 낮에 잠시 깨어났다 다시 잠에 빠져들었다. 정 교수는 저녁이 되어서야 중환자실 면회를 할 수 있었다. 혼수상태로 누워 있는 석호를 본 정 교수는 입을 굳게 다물었다. 홀로 자식을 키워 무사히 결혼까지 시켰다. 그런 자식이 사경을 헤매고 있었다.

다 틀렸다. 기적이 아니라 기적 할아비가 와도 안 되겠구나. 예수고 부처고 간에 다 소용없는 거구나. 다 헛된 짓거리구나.

평소 정 교수가 화를 낼 때 나오는 말투가 흘러나왔다. 은퇴를 앞둔 노교수의 입에서 나올 소리는 아니었다. 자식을 앞

세운 어느 장례식에서, 사십 년 동안 잘 갖고 놀았으니 너무 슬퍼하지 말라고 위로하는 말을 듣고 하정은 귀를 의심했다. 그보다는 정 교수의 분노가 오히려 인간적이었다.

어스름한 저녁 병원 문을 나섰을 때 정 교수는 아무것도 먹고 싶지 않다고 말했지만, 하정은 길가에 늘어선 식당 간판을 유심히 보며 걸었다. 추어탕집이 눈에 들어왔다. 추어탕은 평소에 정 교수가 좋아하던 음식이었다. 식당에 들어가 조용히 음식을 기다렸다. 몸 안에 더운 것이 들어가자 생기가 꾸역꾸역 올라왔다. 식당에서 나와 택시를 기다리는 동안 정 교수는 밤하늘을 올려다보았다.

저 달은 어찌 저리 밝은가……

정 교수는 나지막이 읊조리며 깊은 한숨을 뱉어냈다.

병원의 불빛은 밤이 되어도 꺼지지 않았다. 창문마다 환하게 밝힌 불이 뜬눈으로 밤을 지새우는 창백한 낯빛의 유령 같다. 중환자실이 있는 구층 역시 불이 환했다. 하정이 병원 로비로 들어설 때 핸드폰 알람이 울렸다. 그동안 확인하지 않은 메시지와 카톡, 각종 알림 표시가 화면에 떠 있다. 각종 세금 고지서와 단체 문자 메시지, 안부를 묻는 카톡 사이에 전시 초대 메시지도 있다. 행사나 전시가 시작되기 전 알람이 왔다. 이번에는 세계적인 조각가의 전시다. 교과서에서 보았던 작품 몇 개가 떠오른다. 휴직 중이고, 주말에는 간병인을 쓰라고 정 교수가 사람을 구해주었지만, 무언가를 눈에 담을 만큼의 여유가 없다. 하정은 석호의 병실로 들어간다.

하정은 밤사이 천국과 지옥을 오간 기분이다. 다음날 석호
는 비교적 맑은 눈으로 가만히 천장을 응시하고 있다. 입으로
관이 삽입되어 있어 말은 못하지만, 의식은 또렷하고 기력도
회복하고 있다. 석호는 정 교수를 보고 화들짝 놀라 손을 뻗
어 올린다. 정 교수가 아들의 손을 잡았다. 밤사이에는 아무
희망이 없다고, 정 떼려고 그러냐고 분노에 차 있던 정 교수
는 다시 기운을 차렸다. 석호의 눈은 평소와 다름없이 또렷하
게 사물을 보고 있고, 정신 또한 선명하여, 정 교수를 안심시
켰다.

정 교수는 보호자 휴게실에 하정을 앉혀놓고 오래전에 사
놓고 방치해놓았던 산의 지적도를 보여주었다. 사람을 사서
정리하겠다고 날짜를 잡았다. 아마도 묫자리를 봐두려는 것
같았다. 정 교수의 아내는 석호를 낳으면서 세상을 떠났다.
누구도 그 마지막에 대해 장담할 수 없기에, 느닷없는 종말을
의식하지 않을 수 없었을 것이다.

하정이 정 교수를 배웅하려고 같이 엘리베이터에 탔다. 문
이 닫히려 할 때 뒤늦게 휠체어를 밀고 들어오는 중년 여자가
있었다. 미안하다고 하며 엘리베이터에 가득 찬 사람들 틈으
로 휠체어를 밀어 넣었다. 덩치는 보호자의 두 배나 될 정도
의 청년이 휠체어에 앉아 있었다. 청년은 해맑게 고개를 뒤로

젖히고 웃으며 알아들을 수 없는 목소리로 말을 건네고 있었고, 휠체어를 밀던 중년 여자는 그 말을 받듯 웃으면서 씩씩하게 대꾸했다. 청년의 목소리는 어눌하고, 뭉개진 발음 탓에 무슨 말인지 하나도 알아차릴 수 없는데도, 중년 여자가 찰떡같이 알아듣는 것을 엘리베이터 안의 사람들은 모두 신기한 듯 바라보았다. 그들이 일층에 내려 멀리 사라질 때까지 정 교수는 눈으로 그들을 뒤쫓았다.

정 교수는 다 필요 없다고 팽개쳤던 성경 필사를 다시 하기 시작했다.

석호는 다시 혼수상태에 빠져 있다. 의사는 환자가 무의식 중에 관을 빼려는 행동을 저지하도록 신경안정제를 놓았다. 석호의 몸은 여기저기 관에 연결되어 있다. 오른팔, 왼팔은 링거에 의지해 있다. 폐의 복수도 관을 통해 뽑아내고 있다. 가늘게 떨리는 코, 숨소리가 거칠어질 때마다 움직이는 목울대, 그의 목구멍을 들락날락하는 들숨과 날숨이 살아 있다는 표시다.

하정은 석호의 파리하게 변한 손등과 미로 같은 잠에 빠져든 석호의 얼굴을 쓸어본다. 혈액순환이 안 되니 손발이 모두 차고 얼굴만 따뜻하다. 피부는 거칠고 메마르며, 몸무게도 반으로 줄었다. 보드와 스키, 모터사이클과 산악자전거에 파묻혀 살던 스무 살의 모습은 온데간데없이 그저 나약하고 힘없는 병자의 모습이다.

병원에 오면서 인간이 이성과 인격이 있는 고등한 동물이며, 다른 동물을 지배할 권리를 가진 것처럼 오만했던 영장류라는 사실에 겸허한 반성을 하게 된다. 케이지 속의 동물들처럼, 조금 더 큰 콘크리트 케이지 속의 생물일 뿐이고, 아무것도 모른 채 주인의 품에 안겨 산소방에 갇히는 개나 고양이처럼, 조금 더 큰 중환자실에 갇힌 생명이다. 보호자를 필요로 하는 절대 약자, 자신이 앞으로 겪어야 할 순간에 대해 무지한 채 메스를 쥔 신의 손길에 목숨줄을 맡기는 가련한 생명체다.

수술하기 전 석호는 병원 침대에서 여유롭게 노트북으로 야학 교재도 만들고, 뜸했던 친구들과 연락도 했다. 눈을 감고 있는 석호를 보는 지금, 하정은 그 시절이 오히려 좋았다고 생각한다. 저렇게 숨이라도 쉬고 있는 지금이 나중에 부러워할 그 시간이 될 수 있을까.

꿈자리가 뒤숭숭해진 후부터는 하정은 석호에 대한 기도만 한다. 할 수 있는 것이 아무것도 없을 때, 유일하게 할 수 있는 일이다. 기도의 대상이라고 해서 그가 선한 인생을 살았던 것만은 아니다. 결혼 생활이 마냥 행복했던 것도 아니다. 남들 눈에 보인 그의 인생은 실패다. 마약 중독과 별거, 수감 생활과 병동 생활이 그의 후반부 인생을 차지했다.

석호의 인생은 화이트홀 같았다. 우주 공간에서 어떤 세계는 그 내부로 절대 들어갈 수 없는, 내뿜기만 하는 구멍이 있다. 하정은 석호의 화이트홀에서 매번 쫓겨났다. 그 속에 들어갈 수 없었고, 이방인으로 남아야 했다. 결혼을 하고서도 석호의 세계는 하정의 의지와 상관없이 나아갔다.

석호와 하정이 처음 만난 것은 초등학교 입학식이었다. 육 년을 같이 보내고 졸업했다. 1학년, 5학년, 6학년 때 같은 반이었다. 석호는 냉정한 편이었고, 공감 능력이 떨어진다는 지적을 받았음에도 리더의 역할을 도맡았다. 각기 다른 중학교, 고등학교에 다니며, 서로를 잊고 살았다. 가끔 하정은 석호와 같은 학교에 다니는 친구들을 통해 소식을 들었다. 대학교에서 하정과 석호는 다시 만났다. 하정이 수강 신청 명단에서 그의 이름을 발견하고 먼저 연락했다. 몸만 훌쩍 커버린 석호는 역변이라고 할 정도로 성격이 바뀌어 있었다. 하정은 석호를 반겼으나 석호는 경계심을 내비쳤다. 한 번도 다른 사람에게 보여주지 않은 은밀한 미소와 무방비한 표정을 보여주었을 때에야 그는 하정을 받아들였다. 사귀는 동안 그는 우울증 약을 먹고 있다고 고백했다.

대학 시절 역사 동아리 모임에서 함께 사찰 순례를 한 적이 있었다. 가끔 잠든 석호의 얼굴을 보면, 그때 보았던 탱화의 나그네가 떠올랐다. 그때 석호는 탱화가 그려진 고찰의 빛바랜 벽을 유심히 바라보고 있었다. 듬성듬성 칠이 벗겨진 벽에는 큰 코끼리가 정면에 서 있었다. 그 앞에 절벽이 있고, 그

절벽에 코끼리를 피해 도망친 나그네가 나무뿌리를 잡고 버둥거리고 있었다. 오래 기억에 남는 것은 쥐 두 마리였다. 나무뿌리를 움켜쥔 나그네의 머리 위에서 흰쥐와 검은쥐가 그 나무뿌리를 갉아 먹고 있었다. 가끔 석호도 그 탱화를 기억하고 있을지 궁금했지만, 물어보지는 않았다.

하정이 먼저 졸업하여 교육 공무원으로 지방의 학교로 가게 되었다. 석호 역시 졸업 후 지방으로 발령받아 하정과 한 달에 한 번 정도 중간 지점에서 만났고, 일 년 후 혼인신고를 하고 주말부부로 생활했다. 집을 합칠까도 의논해보았지만, 그러기에는 두 사람이 일하는 공간이 물리적으로 멀다며 석호는 주말부부를 고집했다. 결혼 후, 변명을 하는 습관이 생겼다는 것 빼고는 달라진 것이 없었다. 가끔 학생들과 함께 외부 활동을 한다며 주말 약속을 미루었다. 너무 오래 보아온 것들이 하정의 시야를 방해했다.

어느 날 석호의 차에서 비뇨기과에서 처방받아야 하는 약들이 발견되었다. 그 무렵 그는 온몸에 빨갛게 발진이 일어나 가려움증으로 고생하고 있었고, 눈은 늘 충혈되어 있었다. 주상복합 아파트의 특성상 가끔 문틈에 끼인 전단지에는 스웨디시 마사지나 스포츠 마사지 같은 문구가 있었으나, 석호는 그런 쪽으로 관심이 없었다. 젊은 날 운동을 좋아했을 때도 사우나를 즐기지 않았다.

모처럼 주말에 만나 같이 밥을 먹고 들어온 날이었다. 약을 먹고 잠든 사이 전화벨이 울렸다. 그는 깨지 않았고, 벨은 오랫동안 울렸다. 이름이 저장되지 않은 번호였다. 핸드폰이 다시 울렸다. 통화가 연결되었을 때, 총알처럼 빠른 남자의 목소리가 튀어나왔다.

내가 그 문제에 대해서 잠시 생각해봤는데 말이야……

잘못 걸려 온 전화라 말해주려고, 여보세요, 하자 짧은 침묵이 찾아왔고, 곧 전화는 끊겼다. 핸드폰 화면 상단에는 읽지 않은 메시지와 카톡 알림이 떠 있었다. 본능은 그것을 덮으라고 했다. 이미 반쯤 열린 상자를 외면할 만큼 하정은 인내심이 크지 않았다. 석호의 화이트홀 속으로 들어가면 안 되는 것이었다.

*

석호는 손가락을 움직여 침대의 난간을 두드린다. 하정은 거즈에 물을 묻혀 그의 입술을 적신다. 목이 마르거나 입이 마르면 축축한 거즈로 입술을 적셔주는 것이 하정이 할 수 있는 전부다. 침대의 각도를 올리고 엉덩이 아래 쿠션의 위치를 바꾸어준다. 꼬리뼈가 매트에 닿을 때마다 석호는 이마를 찡그린다.

석호는 의식이 돌아온 후 중환자실에서 나가고 싶어 면회 갈 때마다 정 교수와 하정을 재촉했다. 인공호흡기를 뗄 수 있어야 일반 병실로 옮길 수 있었다. 기도 삽관을 시도했으나 고통이 심해 결국 목을 절개하여 삽관할 수밖에 없었다. 의사는 지금부터는 시간 싸움이라고 했다. 폐렴 증세를 완전히 잡지 못해 호전되었다 나빠졌다 반복될 거라고, 그렇게 서서히 나빠질 거라고, 섣부른 희망을 버리라고 했다. 의사의 말대로 복수가 계속 차고 있었고, 악성 염증은 계속 진행되었다. 눈앞의 현실이 너무 강렬해서 기적 같은 일이 일어날 것 같지 않았다. 하정과 정 교수 둘 다 기적을 믿기에는 너무 오래 살았다.

하정은 병원에 머무는 동안 울거나 슬퍼할 겨를이 없었다. 석호의 수신호를 받기 위해 대기 상태로 옆을 지켰고, 의사나 간호사의 처치를 기다리며 긴장을 유지했다. 온전히 감정을 드러낼 수 없었고, 드러낼 겨를도 없었다. 기약 없는 싸움의 연속이었다. 문병 손님맞이도 오롯이 하정의 몫이었다. 가장 슬퍼해야 할 사람이 경이롭게 점점 더 씩씩해져갔다. 안부 전화나 문병에 응대하고, 그들에게 마지막 만남이 될 수도 있는 이 상황에 대해 메인 아나운서처럼 간단명료하게 실시간 상황을 중계해야 했다. 병의 위중과 차도, 처치의 종류와 경과 등등을 알리면서도 정작 하정이 위로받을 수 있는 슬픔의 자리는 적었다.

휴직 기간도 다 끝나가 다시 학교로 돌아가야 할 터였다. 주말에만 간병인을 쓰고 있지만, 그때가 되면 24시간 고용해야 했다. 그보다 무서운 것은 석호가 이미 종말을 준비하고 있다는 사실이었다. 하정과 정 교수 역시 그것을 부정할 수 없었다. 또 석호가 사라져도 두 사람은 계속 살아질 거라는 사실 때문에, 동시에 죄의식에 사로잡혔다. 감각도 살아 있고 감정도 살아 있는 사람이 서서히 소멸해가는 상황에, 건강한 생기로 함께 증인이 되는 것은 위로보다 고통이 되었다. 문병 온 손님들이 석호를 보고 지은 표정은 상황을 더욱 비극적으로 만들었다.

몰골이 저 정도일 줄 몰랐습니다.

몰골이라니요……

하정은 순간 화를 참지 못했다. 그는 미안하다고, 생각한 것보다 마르고 참혹해서 실수를 했다고 사과했다. 지금도 하정은 그 사람이 정확히 무엇을 잘못했는지 모른다. 다만 환자에게 애정이 있는 사람이라면 할 수 없는 말이라고 생각했다.

석호는 산소 포화도를 측정하는 기구를 매단 집게손가락을 까딱까딱 흔들어 보인다. 하정은 기구를 빼서 가운뎃손가락으로 옮겨준다. 집게손가락은 기구에 물려 발갛게 부어 있다. 링거가 비어갈 무렵 하정은 간호사를 부른다. 석호의 몸에 달린 여러 개의 호스가 탱화 속의 뱀들 같다. 절벽에 매달린 나그네의 발아래 뱀 네 마리가 머리를 코브라처럼 치켜세우고 있었다. 나그네가 힘이 빠져 나무뿌리를 놓치고 떨어지기를 기다리는 중이었다. 턱뼈가 빠지도록 벌린 아가리의 구멍은

크고 검었다.

나그네의 표정이 비극적이지는 않았다. 나그네의 입속에 떨어지는 꿀 때문이었다. 하늘을 향해 입을 크게 벌리고 버둥거리는 그의 입속에, 벼랑 위 나무에 매달린 벌집에서 꿀이 떨어지고 있었다. 꿀 한 방울이 나그네의 혀를 적시고, 단맛이 미뢰를 건드려 뇌에까지 전달되는 그 순간만큼은 불안과 공포에서 벗어날 수 있어서였다. 나그네의 입속으로 떨어지는 꿀처럼 한때 석호에게 쾌락을 주었던 것들이 꿀이 아니고 독이라는 것을 자신은 알고 있었다.

석호의 핸드폰에서 여러 장의 사진이 나왔다. 다양한 피부색의 다양한 인원이 다양한 포즈로 함께 있었다. 스리섬의 자세를 보여주는 안내 그림도 여러 장 나왔다. 하정이 두통이 심하다고 하자 석호가 프로포폴이나 졸피뎀 같은 수면 유도제를 써보았는지 물었던 때가 떠올랐다. 석호의 방을 사방으로 둘러보았다. 하정이 몰랐던 석호의 모습이 궁금했다. 석호가 그럴 수밖에 없었던 비밀이라도 발견하게 될 것 같았다. 아니면 감상과 미련을 떨쳐버릴 결정적인 것을 찾고 있었는지도 몰랐다. 하정은 서랍을 열었다. 석호의 서랍 속에서 주사기 무더기를 발견했다.

하정은 매 순간, 숨 쉬고 있을 때마다 그때가 생각났다. 수업 중 학생들 얼굴을 보거나, 교무실에서 다른 선생들의 얼굴을 보면서, 거리에 지나가는 사람을 보면서, 시장에서 물건을 팔고 사는 사람들을 보면서도. 핸드폰 속의 석호도, 석호와 함께 있었던 사람들도 지극히 평범한 이웃의 얼굴이었다. 같은 하늘 아래에서 같은 공기를 마시고, 함께 숨을 쉬고 생활을 공유하던 사람의 얼굴이었다. 누군가의 자상한 남편이었고, 아버지였고, 아들이었다.

다음날 핸드폰에서 캡처한 사진을 보여주었을 때, 석호는 모든 것을 포기한 듯, 원하는 대로 해주겠다는 말만 했다. 하루라도 빨리 석호와 결별하기 위해 많은 것을 포기했다. 하정은 아파트에 있는 그의 흔적을 지우기 위해 이사했다. 하지만 두 사람 중 누구도 합의 이혼 서류를 기한 내에 구청에 제출하지 않았다. 서랍 속에서 발견한 그의 노트를 읽은 후 마음이 복잡해진 하정은 차일피일 자신의 결정에 의심을 품었고, 결국 삼 개월이라는 기한을 넘겨버렸다.

석호는 교사 자격증을 박탈당했다. 한동안 구치소에 있었지만, 초범이어서 집행유예를 선고받았다. 정 교수는 석호를 신고한 하정을 용서하지 않았다. 이사하던 날은 하늘이 파랬고, 아드레날린과 엔돌핀이 폭발하듯 조증이 왔다. 그 후, 다시 찾아온 분노와 배반감, 피해의식과 우울증 등으로 수업을 하기 힘들었던 하정은 병원을 찾았다. 의사는 하정이 무슨 이야기를 하든 다 들어주겠다는 듯 기다렸다. 하정은 불면증에 대해 말했다. 신경을 누그러뜨려야 한다고 처방해준 약은 잘

들었다. 감기약처럼 조제된 약은 하정의 일상이 모나지 않게 되돌려주었다. 약을 끊으면 다시 증상이 반복되었다. 석 달이 지나가던 무렵 환각 증세가 나타났다. 그의 노트가 떠올랐다. 그의 노트를 관통하는 내용은 두려움이었다.

*

하정은 석호의 머리에 쓰여진 비니를 바로잡는다. 머리카락이 빠져서 베개와 환자복과 침대에 기하학 무늬를 만들었다. 가끔 비뚤어진 비니를 바로잡아주는 것 외에는 하정이 할 수 있는 일은 없다. 자신의 육체를 의식하지 않으면서도 몸을 마음대로 움직일 수 있는 것이 건강하고 자유로운 신체라면, 석호는 손가락 한 마디 움직이는 것조차 온몸의 미세한 통증까지 자각하며 에너지를 소모해야 하는 몸이다. 석호는 몸을 쓰는 대신 귀를 썼다. 석호는 이어폰을 꽂고 오디오북을 듣는다. 가끔 눈이 반짝일 때가 있다. 마음에 드는 문장이나 공감가는 말을 들었을 때다. 석호의 정신은 어느 때보다 또렷하다. 맑은 정신으로 또각또각 걸어오는 종말을 시시각각 자각하고 있다.

숨만 쉰다고 사람이 아니야.

언젠가 석호는 말했다.

지금은 석호 스스로 살아 있는 것이 아니다. 기계에 의한 생존으로, 그가 할 수 있는 것은 숨 쉬는 것과 잠자는 것과 듣는 것뿐이다. 말하고 먹고 배설하는 육체적 기능이 손상되었다. 십이지장이 막혀 위산이 역류하고 음식을 삼키지 못했다. 정신은 맑아서 동물적인 상태로 변한 몸을 받아들여야 했다. 그런 몸을 불특정 다수에게 전시하는 수치심도 감내해야 했다. 운이 나쁘면 배변 처리 과정이 공개적인 장소에서 이루어지기도 했다. 석호의 존재는 차트에 적힌 병명과 빼곡히 적힌 수치들로 그들에게 유의미하게 받아들여질 뿐이었다.

내가 원하지 않을 때 원하지 않는 방식으로 오는 게 삶이고 죽음인가 봐.

조그만 소리를 내며 아래로 떨어지는 손톱 부스러기를 보며 석호는 조금 울먹였다. 독한 약으로 인해 갈라지고 거칠어진 손톱을 하정이 정리하고 보호제를 발라주던 때였다. 사십 년 넘도록 무언가를 잡고, 쓰고, 들고, 만지고, 생산하던 손이었다. 방치한 가죽처럼 거칠고 딱딱해진 석호의 손등과 손바닥에 크림을 듬뿍 발라 마사지하며, 영화의 한 장면을 떠올렸다. 졸업을 앞둘 무렵 겨울, 그와 함께 보았던 영화였다.

관광을 빙자한 죽음으로의 여행에 동참한 승객들 이야기를 다룬 블랙코미디였다. 그들에게 남은 마지막 날 밤, 은은한 신사의 종소리를 들으며, 자신들이 처한 막다른 골목과 벼랑 끝 상황에 대해 털어놓았다. 내일이면 영영 헤어질 사람들이었기에, 또 그 올가미 같은 그물에서 벗어날 수 있기에 그 밤이 깃털처럼 가벼웠다. 다음 날 그들이 왜 갑자기 다시 살기로 마음을 바꾸었는지는 기억이 나지 않는다. 다만 그때까지 열심히 살아온 서로에 대해 인정하고 공감하는 시간이 있었고, 목적을 모른 채 여행에 끼어든 스무 살의 불청객이 있었다. 그들이 다시 세상과 맞짱 뜰 용기를 내어 세상으로 돌아가려 했을 때 버스가 그들의 원래 목적을 실현시켜주었던 건 신의 영역을 침범하려 했던 대가였을까.

*

하정이 석호를 이해하게 되었던 것은, 환각을 경험하고 난 후였다. 학교에 하정에 대한 이상한 소문이 퍼졌다. 별것도 아닌 것을 보고 놀라거나, 벽이나 허공을 주시하거나 하는 행동이 다른 이의 눈에는 이상하게 보였을 것이다. 하정은 피해망상에 시달리기 시작했다. 복도에서 마주친 학생이나 선생이 악의적으로 자신을 이간질하고 있다고 생각했다.

자신이 학교에서 겪은 일에 대해 의사에게 설명하고, 다른 약으로 바꿔달라고 했다. 다행히 환각 증세는 없어졌으나, 두려운 마음에 곧 약을 끊고 운동을 시작했다. 석호의 변명으로만 여겼던 말이 거짓이 아니었다. 부작용이 없는 약이라고는 하지만 환자들마다 그 증상이 다르게 나타난다는 것을 알았다. 정작 하정의 무기력과 우울 증상이 스트레스로 인한 정신적인 이상이 아니라 갑상선의 기능 저하로 생긴 문제라는 것이 정기검진 과정에서 밝혀졌다.

별거 중이던 하정이 석호와 다시 만난 것은 학생 지도를 위해 보았던 유튜브 채널을 통해서였다. 그동안 의도적으로 석호와 관련된 모든 것을 차단하고 살았다. 오 년의 공백을 넘어, 석호는 건강한 얼굴로 되돌아와 있었다. 그는 중독자의 삶을 살다가 금단 현상을 극복하고 살아 돌아온 유튜버와 손을 잡고, 상담을 통해 약물중독 치료에 도움을 주는 재활공동체의 상담사 역할을 하고 있었다. 그동안 듣지 못했던 이야기를 자세히 들을 수 있었다.

한동안 층간 소음에 시달렸어. 알고 보니 윗집은 빈집이었어. 환청이었지. 부작용이 있는 것 같다고 말했지만, 의사는 약을 끊으면 금세 부작용이 사라지니 걱정하지 않아도 된다고 했어. 세로토닌 흡수 과정에서 생기는 자연스러운 현상이고, 곧 없어진다고 그랬지. 그리고 우울증 증상이 개선되었다고 해서 약을 끊으면 증상이 더 심해질 수도 있다고, 환자가 자의로 약을 끊는 것은 위험하다고 주의 주더군. 주위에 알아보니 간혹 약으로 인한 부작용이 있기도 하고, 점점 더 강한 약을 찾는 사람도 있다고 했어. 환시와 악몽을 경험하면서도 점점 더 깊이 빠져들었어. 깨어나면 다시 마주친 현실에 점점 더 독한 약을 찾기 시작했어.

그는 우울증 치료를 위한 인터넷 카페에서 회원들을 통해 강력한 마약성 진통제를 구하는 법을 알아냈다. 말기 암 환자들에게 투여되는 것이었다.

약의 심각성을 자각할 무렵 근육통이 심하게 왔어. 무서운 생각에 끊으려고 했지만, 통증을 참을 수 없었어. 비명을 지르는데 아무도 그 소리를 듣지 못했어. 어머니처럼 나도 땅 밑으로 꺼져버릴 것 같았거든. 환한 대낮에 다 큰 어른이 무섭다고 하는 것을 누가 알아주겠어. 금단증상으로 오는 통증을 없앤다는 핑계로 자포자기한 거지. 수면무호흡증이나 심정지가 올 수도 있다는 걸 알았지만 오히려 그렇게 사라지는 것도 나쁘지 않았어.

하지만 석호가 실제로 마주한 죽음은 그렇게 깔끔하지 않았다.

구치소에서 나오자마자 축하한다고 친구들이 나를 데려가더군. 부작용도 덜하고, 구하기도 쉬운 것이라 걸리지 않을 거라고. 다행히 걸리지는 않았지만, 곧 친구의 비보를 들었어. 출소한 날 찾아왔던 친구 중 하나가 잠에서 깨어나지 않았어. 직장도, 가정도 모두 잃고 낙이 없다던 친구는 의도적으로 치사량 이상을 사용했어. 그 말을 듣는데 온몸에 벌레가 기어가는 것 같았어. 벌레는 내 몸으로 난 구멍에서 끝없이 쏟아져 나와 온몸을 기어다녔어. 슬퍼해야 하는데 미칠 듯이 가려워서 욕조에서 한 시간 동안 그것들을 떨쳐내느라 곤

죽이 되었어.

석호는 장례식장에서 문상객이 돌아간 새벽 홀로 벽을 보고 조용히 울음을 쏟아내던 망자의 늙은 아버지를 보았다. 혼자 남을 정 교수 생각이 났다. 아내를 잃은 정 교수에게 남은 유일한 동아줄이 석호였다. 결혼할 때부터 병약했던 정 교수의 아내는 석호를 낳은 후 회복하지 못하고 세상을 떠났다. 정 교수의 생활은 하나 남은 아들이 살아 있었기에 가능했던 삶이었다.

진짜 죽음 앞에서 공포를 느꼈어. 당신이 보고 싶었어. 진정 고통이 뭔지 알게 된 거야. 나 때문에 고통스러워하는 아버지와 당신을 이해할 수 있게 되었어. 나를 혐오스러워하고 벌레 보듯 했던 당신도 나처럼 힘들었겠지. 아버지도 눈을 뜨는 아침이 이렇게 쓸쓸했을까. 그 힘든 시간을 견디느라 힘들었을까. 그런 생각이 들더군. 그렇다고 쉽지는 않았어. 통증이 다시 마약으로 이끌었어. 끊으려고 할 때마다 나타나는 고통을 없애기 위해 다시 손을 댔어. 휴지기의 고통은 약을 하기 전보다 더 컸거든. 온몸이 찰과상을 입은 것처럼 무언가 닿기만 해도 쓰리고 아팠어. 현실에서 사라지고 싶게 만드는 그 몽롱한 세계가 다시 끌어당겼어. 죽음에 이르러서야 내 몸이 자각되었어. 난 죽고 싶은 게 아니었던 거야. 그즈음 카페를 통해서 알게 된 선배를 찾아갔어. 마약을 끊고 회복한 선배가 운영하는 재활공동체였어. 용기는 더 이상 물러설 곳이 없을 때 생기더군. 바닥을 치니 다시 올라가고 싶은 욕망이 생겼어. 매일 달렸고, 매일 육체노동을 했고, 몸이 원하는 것을 했어. 내 몸은 땀을 원했어. 그렇게 난 그 지옥에서 탈출한 거야.

석호는 벼랑으로 떨어지는 도중에 튼튼한 뿌리를 다시 잡았다. 그 후 그는 가출 청소년들이 머무는 곳에서 야학을 지도하고, 봉사하며, 택시 운전을 했다. 그런 그에게 지금 닥친 고통은 부조리했다. 차라리 벌을 주려면 그때 주었어야 덜 억울할 터였다. 이제 흰쥐와 검은쥐가 그가 움켜쥔 나무뿌리를 다 갉아 먹었고, 그를 태운 버스는 이미 벼랑으로 굴러떨어지고 있었다.

*

창가로 들어오는 볕이 석호의 눈언저리에서 어른거린다. 커튼을 내리자 석호가 눈을 뜨고 커튼을 가리키며 눈짓한다. 하정은 커튼을 다시 올린다. 석호는 눈을 질끈 감고 눈 위로 내려앉는 따스한 기운을 음미하듯 엷은 웃음을 짓는다. 다행히 수술 후에도 안면 마비 같은 것은 오지 않았다. 다시 침대 프레임을 힘없이 두드리며 하정을 부른다. 하정이 가까이 가자 손을 내민다. 석호는 하정의 손바닥에 글씨를 쓴다. 희미하게 전해지는 온기 아래 투명한 글씨가 떠오른다.

날 그만 가게 놔줘.

석호는 인공호흡기에 연결된 장치를 올려다보았다. 하정은 무서운 표정으로 석호의 손을 움켜쥐고 글자를 뭉개듯이 놓아주지 않았다.

병원에 들어온 후 석호는 가끔 비슷한 말을 했다.

하정이는 미래로 가는 사람이야. 난 이제 과거의 사람이고. 시작을 잘못했지만, 끝은 만족스러워.

하정은 석호의 말에 무슨 말을 해야 할지 몰랐다.

환자 앞에서 그런 얼굴 하면 안 돼. 이제 무섭지 않아. 죽음이 왔을 때, 나는 이미 이 세상 사람이 아닌걸. 내 얼굴을 봐. 마른 나무뿌리처럼 쪼그라들고 말라버렸어. 그래도 유통기한이 지나 부패하고 썩어가는 것보다 나아.

그런 말이 지금 하고 싶은 말이야?

하정이 안타까워하자 석호는 말했다.

사흘만 슬퍼해. 그러라고 만든 게 삼일장이잖아. 삶의 어떤 순간도 누군가가 대신해줄 수 없어. 내 몫의 삶을 내가 겪어내는 중이니, 네가 오래 슬퍼하는 걸 원하지 않아. 난 지금도 좋아. 창으로 들어온 햇빛이 커튼을 지나 긴 무채색 그림자를 만들어내는 풍경이 마음에 들어. 전에 네가 살던 아파트에서 좋았던 건 새들이 날아가는 풍경이었어. 키 큰 침엽수에 비치는 햇살과 새벽 가로등이 꺼지는 순간. 여기서 저기로 건너가는 순간도 기대가 있었어.

하정은 그 말이 무척이나 슬펐다. 잠시 함께 머문 공간에서 하정이 좋아했던 것을 석호 역시 똑같이 좋아했었다는 것을 처음 알았다. 그리고 그 일들은 이미 지난 일이 되었고, 다시 오지 않을 날들이었다.

세상에 태어나서 처음 해보는 것들은 모두 두려웠어. 잘 해 내려고 아등바등 살아내다가 겨우 익숙해질 만하니, 다시 헤어져야 하다니…… 아마 그게 내게 남은 마지막 숙제겠지. 어렵게 얻은 것을 다시 토해내는 건 어렵지만, 그걸 훌륭하게 끝내고 싶어.

그 후 석호는 연명치료를 중단한다는 선언서를 제출했다. 하정에게 시신 기증 서약서와 신분증을 보관해달라고 부탁했다.

석호는 이어폰을 꽂은 채 눈을 감는다. 하정은 이 무거운 공허를 받아들이기 힘들다. 이제 사는 것 같지 않은 날을, 석호가 없는 삶, 죽은 것과 다름없는 삶을, 그저 고요히 숨 쉬는 날들을 살아가게 될 터다. 석호가 잠이 드는 것을 확인하고 하정은 병실을 나선다. 병원 휴게실에 앉아 멍하니 창밖을 바라본다.

이 풍진 세상을 만났으니 나의 희망이 무엇인고.

익숙한 노래가 천장의 모니터에서 흘러나오고 있었다. 아직은 어리다 할 수 있는 소년이 부르는 처연한 가사의 노래가 섬뜩하게 다가온다.

부귀와 영화를 누렸으니 희망이 족할까.

네 명의 가수가 희망가를 한 소절씩 부른다. 제각각 목소리는 둔중하고, 날렵하고, 애절하고, 비장하지만, 가사의 전달력은 소년의 목소리가 누구보다 호소력이 있다. 막내 격인 십대의 트로트 가수는 세상의 온갖 고해를 다 아는 듯 기교도 없이 절절하다. 소년이 겪어냈어야 할 시간의 무게가 다가온다.

하정은 병원에서 나와 걷기 시작한다. 알 수 없는 분노가 올라왔고, 그 크기만큼 하정의 보폭도 커졌다. 생각을 멈추었다. 들숨과 날숨이 서로 싸우듯 숨소리가 이어졌다. 숨을 쉬고 있다는 사실이 더 무기력하게 다가왔다. 목적지가 없어도, 어디로든 가야 했다.

지하철 역사 입구의 불빛이 환하게 비춘다. 무작정 밝고 빛나는 곳으로 다정의 발이 향한다. 지하철에서 내리자 병원과는 또 다른 환락의 세계다. 화려한 조명으로 장식한 쇼윈도가 거리 양쪽으로 늘어서 있다. 아름다운 문양의 보석과 악세사리가 고혹적으로 디스플레이 되어 통행인의 시선을 사로잡았다. 전시장의 화려하고 고급스러운 파사드도 흰 물결처럼 일렁인다. 파도와 돛을 연상하게 만드는 희고 투명한 외관 앞에서 하정은 잠시 망설인다. 직원이 문을 열고 하정이 들어오기를 기다렸다.

전시장 안으로 들어갔을 때 하정은 숨을 삼키고, 그 자리에 멈춰 섰다. 날카로운 비수가 단숨에 명치를 찔렀다. 거장의 작품은 미술 교과서에서 보아온 그대로였다. 단지 거대했을 뿐. 하정은 거미처럼 가는 팔과 긴 다리를 휘청거리는, 사람의 형상을 올려다보았다. 살도 없고, 머리카락도 없고, 옷을 입지도 않았고, 신발을 신었다고 할 수도 없는, 그저 사람 인 (人)과 비슷한 형상일 뿐이었다. 위치상 머리라고 알아볼 수 있을 정도로 작은 얼굴이 꼭대기에 솟아나 있었다. 그마저도 앞으로 쏠려 있어 넘어지기 직전의 순간 같았다. 두 다리로 버티고는 있으나 똑바로 직립하지 못하고 머리가 다리보다 더 앞으로 기운 모습이었다. 바닥에 붙박이로 있는 조각이 아니었다면 일 초 후에 무릎이 바닥에 닿았을 것이며, 두 손으로 땅을 짚고 몸을 지탱했을 것이다. 인간의 존엄 따위는 처음부터 없었던 것처럼. 그 앙상하고 야윈, 비루한 몰골의 사람이, 눈만은 부릅뜨고 아직 살아 있는 인간임을 항변하듯 허공을 노려보고 있었다.

한때 하정의 꿈이 사별이었을 때가 있었다. 지금은 겨울 한복판에 있는 것처럼 춥고 떨린다. 석호와 헤어질 당시 주체할 수 없었던 감정은 분노였지 슬픔이 아니었다. 지금은 인간이기에 겪을 수밖에 없는 완전한 슬픔 속에 있다. 하정은 되돌아갈 수 없는 막다른 길목에 선 것 같다. 이제는 어제로 되돌아갈 수 없다.

*

    이제 석호는 눈을 뜨지도 않고, 손가락으로 하정의 손바닥에 필담을 남기지도 않는다. 그가 살아 있음을 알아챌 수 있는 순간은 오직, 기계에 의존해서 숨을 쉴 때뿐이다. 그에게서 살아 있는 생명이 가지는 어떤 부드러움도 찾아볼 수 없다. 딱딱하고 마른 피부와 거친 숨소리가 그의 외피를 덮고 있을 뿐이다. 석호가 마지막으로 쓴 필담은 서랍 속 노트를 버려달라는 것이었다.

    그동안 정 교수의 관심은 오직 아들이 살아날 수 있을까였다.

    안 된다. 안 돼.

    더 이상 가망이 없다는 사실을 알고 제발 아프지만 않게 가게 해달라고 고쳐 빌었다. 그런 바람과 상관없이 석호는 마약성 진통제에 의지하다, 결국 임종실로 옮겨졌다. 처치 과정 중 석호의 경동맥이 파열되었다. 염증으로 혈관이 노출되어 있었다. 피가 분수처럼 솟구쳤다. 의사는 쿨렁쿨렁 쏟아지는 피를 뒤집어쓰며 두 손으로 압박했지만 피는 멈추지 않았다. 석호는 다시 쇼크 상태에 빠졌다. 의사는 고개를 저었다. 수술이 불가능하다고 했다. 이러다 영영 못 깨어나는 수도 있으니, 임종 준비를 하라고 의사는 나지막이 말했다. 하정은 정 교수에게 연락했다.

산소포화도 모니터의 숫자는 점점 더 떨어지고 있다. 산소 흡입량을 강제로 늘여보지만 숫자는 제자리에서 맴돈다.

석호 이놈아!

급히 달려온 정 교수의 단말마가 폐부 밑바닥을 긁으며 새어 나왔다. 정 교수는 미동도 없는 석호의 손을 잡고 두 팔 사이에 머리를 묻었다. 석호는 미라처럼 굳어가고 있다. 살아 있다고 증명하는 것은 인공호흡기 안에 스민 미세한 습기뿐이다. 들숨과 날숨 사이에 흰쥐와 검은쥐가 번갈아가면서 생명의 뿌리를 갉아 먹고 있다. 마지막이 될 날숨이 멀지 않았다. 그럼에도 석호는 쉽게 숨을 멈추지 않는다. 거미줄처럼 가는 숨구멍이나마 사력을 다해 숨을 쉬는 것이 느껴질 만큼 석호의 숨소리는 거칠어진다.

임종 예배가 끝나고, 하정은 하고 싶었지만 하지 못했던 말을 석호의 귀에 속삭인다. 석호의 눈이 미세하게 떨린다. 창밖으로 보이는 달이 희고 뽀얗다. 하정은 검은 실루엣이 달 속에서 환해지는 것을 본다. 철사 같은 가는 몸을 꼿꼿이 세우고 들숨 날숨에 맞춰 걸어가는 뒷모습이다. 흰쥐와 검은쥐를 어깨에 올리고 홀연히 앞으로, 앞으로 등을 보이고 걸어가는 그의 실루엣이 점점 더 꼿꼿해진다. 의연하게 떠나가는 그의 등 뒤로 달은 더 밝게 빛난다.

봄의 제단

부드러운 가죽이 칼날을 조심스럽게 품었다 뱉어낸다. 칼을 쥔 손이 떨린다. 놉은 미동도 없이 벼린 칼 아래에서 숨을 죽인다. 놉의 짧은 머리카락을 베어낸다. 칼끝이 살을 파고들 것 같다. 심장 고동에 맞춰 칼도 덩달아 흔들린다. 내 손에는 칼이 있다. 날마다 가죽을 무두질하는 것처럼 칼을 간다. 심장을 갈아 비수를 만드는 것과 같다. 그 비수로 누군가의 숨통을 찌르는 대신, 놉의 머리카락을 자른다. 밤새 자라난 눈썹을 자르고, 겨드랑이의 털을 밀고, 사타구니의 털을 깎는다. 일이 끝나면 온갖 기억을 담은 칼을 품은 채 잠이 든다. 더 이상 배에 수술 자국을 남기거나, 이상한 약을 먹지 않아도 된다. 유축실에서 젖을 짜야 하는 일도 없고, 운동실에서 얼어 죽을 염려도 없다. 열여덟 시간의 노동도 없고, 무엇보다 그토록 원했던 영원한 잠을 기다리지도 않는다.

어젯밤 세 명의 놉이 방주 56호로 찾아왔다. 땀 냄새, 젖 냄새, 썩은 냄새가 나는 요를 젖히고 칼을 들이밀었다. 여긴 거기와 달라. 같이 가지 않을래? 이가 다 빠진 놉이 말했다. 나는 고개를 끄덕였다. 넌 아직 아니야. 그들은 고개를 저었다. 나도 데려가라고 소리를 질렀다. 놉의 칼끝은 날카롭지만 언제나 내 살을 뚫지는 못했다. 나는 은빛으로 날이 선 칼끝을 끌어당겨 내 명치에 꾹 눌렀다. 칼날이 손바닥을 베고, 명치 안으로 쑥 들어갔지만, 생채기 하나 남기지 못하고 꿈에서 깨어났다.

*

공장은 거대한 배의 형상을 하고 있다. 돛이 있을 만한 곳에 굴뚝이 솟아 있고, 선미와 고물의 끝에 타르타로스 형상이 지키고 서 있다. 노아의 방주처럼 이 배가 희망의 상징이 되리라고 했던 방주의 설계자는 이미 하데스 어느 곳에서 안식을 찾고 있을 것이다. 광장의 대형 스피커에서 불협화음의 리듬은 계속된다. 5박자, 7박자의 엇박자로 변칙적이고 기괴한 리듬이다. 음악이 끝나자, 목소리가 흘러나온다.

─방주는 인류의 희망. 놉은 인류의 미래. 놉의 봉사는 세

상을 존속시키는 힘.

우리는 흰 두건을 쓴 메이드를 따라 걷는다. 자루 옷을 입은 수십 명이 불량 복제품처럼 움직인다. 광장으로 이어진 복도는 여러 갈래로 촘촘하게 뻗어 있고, 벽을 따라 아름다운 풍경 사진들이 걸려 있다. 주로 사계절의 모습을 담은 자연경관과 푸른 초원에 방목된 가축들의 사진이다. 광장의 스크린에 나오는 바깥 세상은 더없이 이상적이다. 폭행, 강도, 강간, 살인 등 대형폭력 사건도 사라졌다. 야외 테이블에서 피크닉을 하는 사람들의 평화로운 모습이 펼쳐진다. 그들은 웃고 있다. 숲의 아름다운 풍경을 배경으로 하여, 아이가 엄마와 아빠의 손을 잡고 있는 화면 아래로 자막이 흐른다.

—안전하고 건강한 세상, 놉이 만들어내는 세상, 방주는 인류의 희망……

세상의 하늘도 방주의 하늘과 다르다. 유리로 된 천장 위로 굴뚝이 보인다. 회색 하늘 위로 뿌연 연기가 뿜어져 나온다. p2구역인 소각장에서 무언가 타고 있다는 표시다. 방주에는 '채소'라는 단어가 없어진 지 오래다. '야채'와 '과일'도 없다. 이곳의 놉은 '감자'를 먹어본 세대와 먹어보지 않은 세대로 나뉜다. 이 세계는 광합성도 없고 식물도 없다. 모두 인공적으로 합성된 것들이 채소 과일 대용품으로 존재한다. 이곳 어딘가에 동물의 유전자가 저장된 창고가 있다는 소문이 있다. 지구상에서 사라진 동물들의 유전자와 체세포가 아직도 존재

한다는 소문이다. 그것이 사실이라 해도, 그것으로 무엇을 하는지는 아무도 모른다.

우리는 들큼한 비린내가 나는 투명한 방 앞에 선다. 금색의 십자가 앞에 가슴 불룩한 여자가 엷은 분홍색 레이스를 길게 늘어뜨리고 두 팔로 아기를 안고 있다. 지그시 내리뜬 눈은 평온하고, 입술은 엷은 미소가 번져 있다. 문을 열고 들어가 앉자 귀에 익은 합창곡이 흘러나온다. 그 소리에 파블로프의 개처럼 유방에서 젖이 줄줄 흘러내린다. 동시에 앞섶이 젖어든다. 메이드를 따라 유방을 유축기 안에 밀어 넣는다. 버튼을 누르자 가슴에 압력이 느껴진다. 유축기와 연결된 튜브 안으로 하얀 액체가 빨려 나간다. 검은 젖꼭지와 수술 자국이 있는 배를 내려다본다. 바느질 솜씨가 엉성한 자가 만든 봉제 인형처럼 배 주위가 얼기설기 봉해져 있다. 옆에 있던 하얀 얼굴의 놉이 자신의 배를 감싸 쥐며 오열한다. b18은 백반증으로 얼룩진 얼굴이 더 하얗게 창백해졌다. 놉의 얼굴이 문 앞에 선 마리아의 얼굴과 닮았다. 어디선가 속삭이는 소리가 들린다.

—b77이 보이지 않아.

—a26도

언젠가부터 익숙한 얼굴이 사라진다. 여기에 없다는 사실은 재생되었다는 뜻이라고 메이드는 말했다.

—재생이 뭐야?

─다시 태어난다는 거야!

유축기의 압력를 검사하는 메이드의 손이 가슴에 닿을 때마다 이물감이 든다. 메이드의 손바닥은 동물의 발바닥처럼 거칠다. 손톱 역시 뭉그러져 있다. 각종 소독약과 독한 화학약품에 무방비하게 노출되어서다. 흰 두건 아래 은색의 머리 뿌리가 반짝인다.

유축실로 붉은 제복의 헬퍼가 들어온다. 입이 유난히 커서 그를 조커라고 부른다. 조커가 입을 벌리면 검은 동굴 속의 괴물이 눈을 뜬다. 그는 습관처럼 오른손에 든 곤봉으로 바닥을 두드린다. 메이드는 조커의 눈을 피해 안 쓰는 기구들을 대형 살균기로 옮기고, 새로 들어온 놉의 유방을 유축기 안으로 밀어 넣는다. 나는 눈을 감는다. 잠시 후 눈을 뜨자 조커와 눈이 마주친다. 의미를 알 수 없는 표정과 시선이 뱀처럼 목을 휘감는다.

조커의 소문을 들었다. 주로 그의 두 다리 사이에서 벌어지는 일들이다. 그래선지 윤기 나는 얼굴과 반질거리는 이마가 거대한 페니스 같다. 조커는 굳게 다문 입을 더 꾹 눌러 찌그러뜨린다. 눈빛이 한순간 풀리며 그의 손이 내 얼굴로 다가온다. 뱀처럼 차가운 느낌이 들자 나도 모르게 얼굴을 돌린다. 조커의 손이 멈추고 울 것 같은 표정으로 변한다. 곤봉을 잡은 손이 내 다리 근처에서 미세하게 떨린다. 그는 표정을 금세 바꾸고, 먹이를 아껴두는 짐승처럼 만족스럽게 고개를 끄덕이며 사라진다.

광장으로 돌아가는 길에 뒤돌아서 반대편으로 가는 검은 복도를 본다. 광장 반대편으로 두 개의 길이 나 있다. 눕이 접근할 수 없는 통제구역이다. 노란 삼각 프랙털 무늬가 바닥에 깔린 복도를 따라가면 펜트하우스로 올라갈 수 있는 엘리베이터가 있고, 무늬 없는 검은 복도를 따라가면 실험실과 약품을 보관하는 창고가 나온다. 그 끝에 방화벽이 있다. 사이렌이 울릴 때마다 방화벽이 거대한 기계음을 내며 열린다.

방주에 오기 전 마지막으로 기억하는 내 모습은 헐렁한 남자용 죄수복을 입고 낯선 밀실에 갇혀 있었다. 대범죄를 저지른 죄수들을 수용하는 감옥으로 가기 전의 대기실이었다. 사진 몇 장이 내 앞에 놓여 있었다.

—넌 임신한 몸으로 목숨을 끊으려고 했어. 임신은 국가 신고사항이라는 걸 무시했어. 넌 아직 건강해. 이렇게 감옥에서 평생을 보내기에는 아까워. 넌 아직 쓸모가 많아. 방주에서 일하게 된다면 넌 인류에 봉사하는 거야. 인간으로 태어나 최고의 유산을 남기는 거지. 방주는 인류의 미래야. 눕의 의무는 생산이야. 건강하면 오래 살아남을 수 있어.

메이드를 따라 삭모실로 가 일주일 동안 자라난 털을 모두 잘라내고 샤워를 한다. 털을 깎으면 모든 기억도 같이 사라지는 것 같다. 자리에 눕자 아랫도리가 뻐근하다. 간헐적으로 통증이 찾아올 때마다 메이드는 알약을 주었다. 그것을 먹고 나면 통증이 가라앉는 대신 기억이 희미해진다. 얼마 전 사라진 a26의 자리에 알약이 수북이 있었다. 그 후 메이드는 약을 줄 때마다 약이 목구멍 안으로 들어가는 것을 확인한다.

사이렌이 울린다. 샤워실에 있는 수십 개의 눈동자도 일시에 한 곳으로 집중된다. 연이어 거친 표면이 저항하며 마찰하는 소리가 난다. 무거운 쇠와 쇠가 부딪치는 소리가 귀를 긁어내린다. 거대한 지옥문이 열리는 것처럼 섬뜩한 소리가 살을 파고든다. 쇠와 쇠 사이로 육즙이 뚝뚝 떨어질 것 같은 살기가 공기에 떠다닌다. 귀를 세운다. 거대한 침묵이 찾아온다. 팽팽한 압력이다. 참았던 숨을 터뜨릴 때쯤 비명이 울리기 시작한다. 우리는 동시에 귀를 막는다. 소리는 점점 커진다.

가슴이 묵직하다. 부어오른 가슴이 점점 더 커지고 있다. 이상 징후다. 며칠 전 조커는 유축실로 들어와 내 유축기를 뽑아내고 흘러내리는 젖을 허겁지겁 빨아 먹었다. 조커의 얼굴을 밀어냈다. 젖꼭지를 놓지 않으려는 아기처럼 내 손목을 움켜쥐고 야무지게 입을 오물거렸다. 오금이 저렸다. 다리 사이에서 뜨끈한 것이 터져 나왔다. 축축한 것이 허벅지를 타고 내려가 그의 붉은 제복을 물들이고 바닥으로 흘러내렸다. 벌겋게 얼굴이 달아오른 조커가 젖꼭지를 물어뜯었다. 언젠가 b33의 유축기가 불그스름하게 물드는 것을 보았다. b33은 붉은 망토를 입고 이별식을 마치고 하얀색 지붕이 없는 무개차에 탔다. 프랙털 무늬 복도를 지나 엘리베이터 앞에서 내린 b33은 메이드와 함께 엘리베이터 안으로 들어가기 전 우리를 향해 손을 흔들었다. 펜트하우스로 가는 엘리베이터였다. 펜트하우스에 대한 소문은 무성하다. 그곳은 놉의 천국으로 알려져 있다. 평생 생산자로 살아온 놉에게 마지막까지 안식을 제공하는 곳이라고 했다. 젖비린내 사이로 매캐한 냄새가 흘러든다. p2구역에서는 언제나 무언가 타고 있다. 굴뚝에서 나오는 기분 나쁜 연기는 날마다 계속된다.

수십 개의 벌거벗은 눈동자 앞에 선다. 조커는 오른손에 든 곤봉으로 바닥을 두드린다. 그 속도만큼이나 조커의 눈알도 빠르게 흔들리고, 입꼬리는 점점 더 올라간다. 눈앞에 퀭한 눈과 겁먹은 눈동자가 수십 개 있다. 누구도 나와 눈을 맞추지 않는다. 내가 움직이지 않자 조커의 손놀림이 더 빨라진다. 쿵, 쿵, 쿵, 쿵, 조커의 곤봉 소리가 더 커진다. 무개차가 기다리고 있다.

며칠 전 유축실로 향하는 복도에 놉이 피투성이로 쓰러져 있었다. 벌거벗은 놉은 우리를 보자마자 손을 들다가 다시 쓰러졌다. 얼마 전 무개차를 타고 펜트하우스로 떠났던 b33이었다. 붉은 제복은 b33을 일으켜 세우려던 우리에게 곤봉을 휘둘렀고, 쓰러진 b33을 트럭에 쑤셔 넣고 방화벽 너머로 사라졌다. 그 후 우리는 하얀색 무개차를 장의차라고 부른다.

그 장의차에 태워 보낼 놉을 선택해야 한다.

붉은 제복이 무개차의 클랙슨을 울린다. 둔중한 것이 내 등뼈를 후려친다. 바닥에 처박히며, 눈앞에 있는 깡마른 다리 하나를 부여잡는다. 곧 조커의 곤봉이 떨리기 시작하더니 힘껏 위로 치켜든다. 곤봉이 눈앞을 빠르게 지나간다. 뾰족한 바늘이 정수리부터 발끝까지 관통하는 것 같다. 눈 사이로 뜨끈한 것이 흘러내려 마른 입술을 적신다. 붉은 제복이 내 양팔을 들어 올린다. 수십 개의 눈동자가 나를 바라본다. 그중 몇 개는 살아 있는 눈동자가 아니다. 내가 지목한 세 명의 놉이 울부짖으며 끌려간다.

그날 저녁 제의가 진행된다. 광장 한가운데 실리콘으로 만든 양을 제단 위에 올려놓고, 사제는 기도를 한다.

—신의 품에서 영생을 누리는 영광이 그대들과 함께하기를.

제의가 끝나고 56호로 돌아가는 길에도 스피커의 목소리는 계속된다.

—놉은 우리의 희망. 생산 없는 쾌락은 국가의 손실.

밤마다 악몽이다. 방화벽을 향해 걷는 놉의 무거운 발걸음이 또각또각 정수리를 내리친다. 잠이 들면 세 명의 놉이 차례대로 찾아와 칼을 들이민다. 그들이 내미는 칼은 번번이 내 살을 파고들지 못하고 꿈에서 깬다.

누군가 내 목을 움켜쥔다. 눈을 뜨자 어둠 속에서 나를 노려보는 눈과 마주친다. 뒤이어 누군가 내 명치를 가격하고 내 목을 악력을 다해 움켜쥔다. 어둠 속에 거친 숨소리만 가득하다. 그 악력이 내 숨통을 끝내 끊어주기를 기다린다. 정신이 아득하게 멀어진다. 그 먼 지평선 끝에 초록의 풀밭이 보인다. 먼 기억의 마지막이 스크린처럼 머리를 지나간다. 얼룩무늬 소가 초록 풀밭에서 풀을 뜯고 있다. 광장의 스크린에서 보았던 것과 비슷하다. 하얀 꽃잎이 날리는 고목 아래 나는 누군가의 다리를 베고 누워 있다. 몸에 닿는 공기는 따뜻하고, 진한 향기가 숨 막히게 한다. 그의 숨소리 섞인 웃음이 나지막하게 귀를 간지럽힌다. 감은 눈 위로 쏟아지는 햇살과 나지막이 귓가를 날아다니는 벌의 날갯짓 소리가 자장가처럼 들린다. 그를 바라본다. 역광으로 얼굴이 황금색 띠를 두르고 있다. 구레나룻과 귀와 목의 솜털이 햇볕에 한 올 한 올 섬세하게 흔들린다. 갑자기 거대한 폭발음과 함께 하늘이 검게 변하더니 들판의 소들이 쓰러진다. 앞다리를 절룩거리기 시작한 소나, 주저앉아 걷지 못하는 네발짐승이 울부짖는다. 그와 함께 머물렀던 초원이 늪으로 변하기 시작한다. 우리 몸은 점점 더 늪 속으로 빠져든다. 입이 잠기고, 코가 잠기고, 이마가 잠긴다. 머리 위로 거미가 기어간다. 사각사각 가위질 소리가 나고, 차가운 칼날이 살에 닿는다. 털이 깎여 나간다. 다시 의식이 희미해진다. 천둥이 친다. 아무것도 보이지 않는다. 아무 소리도 들리지 않는다. 갑자기 화면이 꺼진 것처럼 캄캄해진다. 막혔던 숨구멍이 뚫리면서 폐로 들어가기 위한 공기와 폐 속에 갇혔던 공기가 충돌한다. 막혔던 숨을 토해내기 위해 온몸을 뒤틀며 안간힘을 쓴다. 내 목을 감았던 손이 풀리면서 흐느끼는 소리가 들린다.

다시 잠들지 못한다. 흉터가 남은 배를 만져본다. 수술 자국은 여러 번인 듯 크고 작은 흉터가 손에 잡힌다. 아린 감정이 밀려든다. 어떤 손길이 내 볼을 쓰다듬는다. 부드럽고 따스하다. 가슴이 치받쳐 오르는 감정이 스멀거린다. 한동안 헤아릴 수 없는 막막함과 슬픔에 잠긴다. 내 몸을 어루만지고 쓰다듬으며 애처롭게 바라보던 눈동자가 환영처럼 지나간다. 형상은 없고 감정만 남은 어떤 하루의 일이다. 조급한 발소리가 환청처럼 들릴 때마다 심장이 오그라든다. 자박자박 심장을 조이며 걸어 들어온 소리는 총소리가 나면서 흩어진다. 슬픈 영화를 본 것처럼 가슴이 치받치어 울음을 삼킨다. b92가 두 팔을 벌려 몸을 감싸준다. 손바닥의 온기가 등에 전해지며 마음이 진정된다.

*

악몽은 가는 비처럼 스미기도 하고, 검은 구름처럼 피어오르기도 하고, 때론 천둥처럼 소름 돋게도 한다. 그것이 온몸을 조여 통증을 느낄 때도 있다. 그때마다 스스로 그 무딘 통각에 베이지 않으려고 칼날을 간다.

면도칼을 가죽에 문지른다. 이제 내 손에는 칼이 있다. 더이상 배에 수술 자국을 남기지도, 이상한 약을 먹지 않아도 된다. 운동실에서 얼어 죽을 염려도 없다. 날마다 가죽으로 된 칼갈이에 면도칼을 간다. 삭모실에서 놈의 머리통을 앞에 두고 밤새 자라난 머리카락을 자르고, 겨드랑이의 털을 밀고, 사타구니의 털을 깎는다. 밤마다 품속에 든 칼을 만져본다. 등받이 면도 의자에 비스듬히 기대앉은 조커에게서 들큼한 냄새가 난다. 발효 과정을 거친 냄새다. 그는 지그시 눈을 감고 기다린다. 칼을 쥔 손이 가늘게 떨린다. 칼날이 조커의 왼쪽 뺨과 오른쪽 뺨, 그리고 인중을 지난다. 입가를 지나 아래턱으로, 또 목으로 향할 때도 조커는 미동이 없다. 칼날이 목울대를 지날 때 조커의 눈꺼풀이 미세하게 떨린다. 심장이 뛴다. 내 안에서 울리는 전율이 온몸을 흔든다. 손에 든 칼도 덩달아 흔들린다. 칼끝이 조커의 살을 파고들 것 같다. 푸른 힘줄이 선명한 조커의 목이 오래 시선을 사로잡는다. 힘줄은 조커가 숨을 쉴 때마다 미세하게 움직인다. 울대뼈가 움직이는 순간 칼이 바닥으로 떨어진다. 누군가 조커의 목을 따야 한다고 했다. 겨우 삭모를 끝냈을 때 탈진 상태가 된다.

헬퍼가 카드키를 건넨다. 약품 보관 창고로 간다. 헬퍼와 함께 가본 적이 있다. 그곳에는 각종 소독약과 화학 약품들이 보관되어 있다. 혼자 이 복도를 걷는 것은 처음이다. 약품 보관 창고의 문을 열자 여러 가지 미세한 향이 코를 스친다. 싸한 소독약 냄새와 암모니아 냄새 사이로 발효 과정의 달큼한 냄새가 함께 떠돈다. 조커에게서 나는 냄새와 비슷하다. 돌아나오는 길에 복도 끝의 방화벽을 바라본다. 약품 창고와 붙은 실험실 몇 개를 지나 방화벽이 있다. 검은 문은 오늘도 굳게 닫혀 있다.

다음 날 아침, 무두질 된 가죽 칼갈이에 칼을 가는 중에 사이렌이 길게 울린다. 일을 멈추고 모두 광장으로 달려 나간다. 붉은 제복과 흰 제복 모두 모였다. 스피커에서 평소와 다르게 흥분한 목소리가 흘러나온다.

—범인을 색출하라. 입구를 봉쇄하라. 방주를 보호하라.

소독약 냄새가 지독하다. 견고하던 흰색 벽이 소독약과 얼룩으로 지저분하다. 붉은 흔적 위로 지독한 냄새의 약품이 뒤섞여 흘러내린다. 낙서는 지워졌지만, 그 흔적은 지워지지 않는다. 소독약 냄새 사이로 분뇨 냄새가 희미하게 섞여 있다. 오후가 되어서야 희미한 흔적의 붉고 누런 자국이 제복들에 의해 페인트로 완전히 지워졌다. 다음날부터 시작된 신체검사는 꽤 오래 지속된다. 그 사이 메이드와 놉이 사라지고, 붉은 제복의 숫자만 더 늘었다.

삭모실 의자에 앉은 조커는 눈을 감는다. 낙서 사건 이후 더 자주 삭모실을 찾는다. 그는 낙서 사건으로 신경이 곤두서 있다. 눈을 감은 조커의 눈두덩이가 빠르게 움직인다. 칼을 든 내 손목도 떨린다. 오늘 아침 운동실에서 시체 몇 구가 실려 나갔다. 그중에 내 옆에서 담요를 뒤집어쓰고 흐느껴 울던 b92도 있었다. 왜, 왜, 왜. 내일도 누군가 실려 나갈 것이다. 누군가 그 죽음에 책임져야 한다. 내 칼끝이 그의 힘줄 가까이 가려는 것을 저지하느라 등뼈가 아리다. 식은땀이 흐른다. 왼손으로 가만히 칼을 쥔 오른손을 들어 내려놓는다.

착유를 끊은 놉은 운동실로 간다. 젖이 줄기 시작하면 생체리듬을 돌리기 위해 강제로 극한 상황을 만든다. 운동실에서 혹독한 훈련을 하며 다시 생산을 위한 몸을 만든다. 다시 수정을 하기 위한 몸을 만들고, 살아 있는 인큐베이터가 되어야 한다. 그러기 위해 운동실은 필수 코스다. 영하 15도의 냉동실이 바로 그곳이다. 문 안에 차단막이 내려지면 냉풍이 몰려온다. 뛰지 않으면 얼어 죽는다. 지쳐 잠시 쉬기라도 하면 귀와 코끝, 손가락, 발가락이 얼기 시작한다. 그곳에서 놉의 절반만 살아남는다.

삭모실로 온 후 매일 운동실로 간다. 얼었다 녹아 온몸이 멍든 것 같은 놉의 몸을 소독하고, 운동실 소독을 한다. 폐기물 수거반이 놉을 수거하여 물자과로 보내면 다시 모든 것이 정상적으로 돌아간다. 놉은 방주 안에서만 존재하는, 제3의 생명이다. 인구통계에도 속하지 못하는 죽은 생명이기에, 누구도 놉의 죽음에 관심 가지지 않는다.

놉에게 생리 주기는 죽음의 주기와도 같다. 생리 주기 이십오 일에 닷새 동안 생리하도록 모두 통일시켜놓았다. 정확하게 이십오 일이 지나면 생리를 시작한다. 생리 검사가 끝나면 호르몬 주사를 맞는다. 생리를 하지 않는 놉은 분리된다. 그들이 어디로 가는지는 아무도 모른다. 가끔 생리가 멈춘 놉은 생리 검사를 앞두고 굴뚝 위로 도망친다. 방화벽 너머로 사라지는 것보다 추락은 짧다. 굴뚝 위에서 마지막으로 보인 것은 놉의 발이다. 제일 먼저 사라진 것은 머리이고, 그 뒤로 몸통이 사라지고, 엉덩이가 사라지고 다리가 사라진다.

조커가 돌아가고 코 밑이 거뭇한 a28이 의자에 앉는다. a28의 털은 누구보다 빨리 자라고 뻣뻣하다. 헬퍼처럼 입 주변을 말끔히 깎아낸 자리에는 늘 빨갛게 발진이 돋아있다. a28은 가끔 굴뚝을 바라본다. 내가 지목한 세 명의 놉이 사라진 다음 날 a28은 내 유축기를 강제로 뽑았다. 어쩌면 내 뒤통수를 가격한 주먹이 그 놉의 것이었는지도 모른다. 내 눈을 쏘아보던 눈동자 중에 가장 강렬했던 눈. 놉은 의자에 앉자마자 내 손목을 움켜잡는다. 내 비명에도 놉의 눈은 흔들리지 않는다. 내 목줄을 쥐었던 손아귀의 힘이 떠오른다. 놉이 내 귀에 속삭인다. 나는 고개를 젓는다.

—부탁이야. 난 저기로 갈 수 없어.

놉은 방화벽 쪽을 가리킨다. 절대로 열리지 않을 것처럼 검고 견고한 문이다. 누구도 그곳에서 일어나는 일에 대해 알지 못한다.

　―난 내가 할 수 있는 것만 해.

　그의 몸에 난 터럭 하나까지 모두 애벌레처럼 밀어낸다. 코 밑의 거뭇한 그림자가 옅어졌다. 붉은 제복이 a28의 아래위를 훑다가 의자에 앉는다.

　삭모를 끝낸 붉은 제복의 트럭이 출발한다. 트럭은 광장을 지나 방주의 출구 쪽으로 내달리다 갑자기 방향을 틀고 사이렌을 울린다. 트럭은 광장을 지나 방화벽 쪽으로 달린다. 방화벽 앞에서 트럭 아래서 무언가 굴러떨어진다. a28은 조커의 곤봉에 맞아 시뻘겋게 부어오른 얼굴로 돌아온다. 트럭 바퀴에 깔린 한쪽 팔이 으스러져 너덜거린다. 오른쪽 귀가 있던 자리에서도 피가 흐른다. a28은 트럭의 바퀴 사이 바닥에 매달려 있다 방화벽 앞에서 굴러떨어졌다.

　방주의 외부 출입문은 완전히 폐쇄되었다. 바깥세상으로 들고나는 문은 방화벽 너머에만 존재한다. a28 역시 삭모실로 오는 일은 없어졌다.

　낙서는 잊을 만하면 나타난다. 유축실 벽에 피로 쓴 글씨가 또 발견되었다. 입이 귀까지 찢어진 얼굴과 함께 형체를 알 수 없는 글자가 쓰여 있다. 그때마다 피와 오줌, 똥 등 색깔이 있는 체액이 재료가 되었다. 그림의 주인공이 조커라는 소문도 있다. 사건이 생길 때면 모든 놈이 표적이 되었다. 특히 몸에 상처 난 놉은 억울하게 끌려가기도 했다. 삭모반 동료 중 하나가 지목당하기도 한다. 소독실의 기계에 손을 찧어 붕대를 감고 다녔던 내 메이드도 사라졌다. 언제까지 여기 있어야 하지? 내 몸이 쓸모없어질 때까지. 혼자 묻고 혼자 답한다.

조커의 새로운 제물은 백반증을 가진 b18이다. 두 눈과 코 사이가 다른 피부보다 하얗고, 손이 유난히 따뜻한 놉이다. 머리칼은 은빛이다. 내 칼이 지나갈 때마다 은빛 털이 미세한 유리 파편처럼 흘러내린다. 하얀 놉은 가끔 칼자국이 난 얼굴로 삭모실로 찾아온다. 헬퍼가 b18을 데려가던 날부터다. 조커의 방에서 나올 때마다 얼굴에 훈장처럼 멍 자국이 생긴다.

*

하루종일 일을 하는데도 일은 줄지 않는다. 기온에 따른 호르몬의 영향이다. 방주의 온도조절 시스템이 고장 났다. 방주 안에 악취가 진동한다. 젖 냄새와 체취가 고약하게 섞였다. 털은 점점 더 빨리 자라고, 털이 자라면서 세균도 빠르게 증식한다. 머리에 진물이 흘러내린다고 놉이 고통을 호소한다. 칼 역시 금세 무디어지고, 녹이 슨다. 칼 가는 가죽은 금세 너덜너덜해진다. 칼은 손에서 자주 미끄러져, 내 의지와 다르게 춤을 춘다. 놉의 살이나 메이드의 눈, 헬퍼의 힘줄을 그어버리기라도 할 것 같다. 바닥을 치는 곤봉 소리가 들린다. 조커

다. 조커의 커다란 입도 오늘만큼은 굳게 다물려 있다. 새끼 손가락을 처맨 붕대 끝에 피가 굳어 있다. 어제 무슨 일이 있었는지 알고 있다. b18이 조커의 손가락을 물어뜯었다.

아침 기상 사이렌이 울렸을 때 하얀 얼굴이 비명을 지르며 약품 보관 창고에서 뛰쳐나와 광장으로 내달렸다. 놉은 비틀 거리는 걸음으로 유축실로 도망쳤다. 약품 창고에서 뒤늦게 뛰어나온 조커는 유축실까지 쫓아와 하얀 얼굴을 걷어찼다. 조커 역시 균형을 잃고 쓰러졌다. 바닥에 쓰러진 하얀 얼굴의 콧날 위로 흘러내린 피가 귓속으로 흘러들었다. 조커는 하얀 얼굴의 입을 악력으로 잡아 일으켜 세웠다. 조커가 곤봉을 든 팔을 한껏 뒤로 치켜올렸다. 곤봉은 정확히 얼굴 하얀 놉의 머리를 조준하고 있었다. 놉의 입을 움켜잡은 조커의 왼손을 움켜쥐고 제 입으로 가져간 놉은 조커의 손을 놓지 않았다. 갑자기 조커의 곤봉이 떨어지고, 조커가 등을 구부리고 주저 앉았다. 사이렌이 길게 울렸다. 그제야 하얀 얼굴의 입이 조 커의 손에서 떨어졌다. 조커는 왼손을 움켜쥐고 바닥을 뒹굴 었다. 바닥이 피로 물들었다. 하얀 얼굴은 불룩한 입을 다문 채 광장으로 도망쳐 p2구역의 굴뚝 위로 올라갔다. 붉은 제복 이 뒤를 쫓았다. 굴뚝 위에 선 얼굴 하얀 놉은 하늘을 보았다. 날아오르기 전 조커의 검지 한 마디를 꿀꺽 삼켜 자신의 배 속에 꼭꼭 숨겼다.

밤마다 b18이 나를 찾아와 머리맡에서 동화책을 읽어주고 사라진다. 바다에 빨간 물고기와 검은 물고기가 살고 있었어. 친구들은 모두 빨간 물고기였는데, 헤엄 잘 치는 한 녀석만 검은색이었어. 꿈에서 깨어났을 때 엄마의 자궁처럼 편안한 느낌이었다. 이야기가 어떻게 끝났는지 기억나지 않는다. 대신 신선한 공기의 냄새를 맡는다. 이곳에 들어온 이후 처음 맡아보는 냄새다. 누군가 말했다. 이 거대한 공장에서 유일하게 하늘을 볼 수 있는 날이 있는데 그것은 생애 마지막 날이라고. 얼굴 하얀 b18이 묻혀온 바람의 냄새인지도 모른다. 햇살이 따뜻한 5월의 한때가 떠오른다. 기억에 의하면 이런 날을 '봄'이라고 불렀다.

오늘도 방화벽 너머에서 비명이 들린다. 무언가를 얇게 저미는 듯한 규칙적인 기계음은 칼이 칼을 베는 소리 같다. 최근 방화벽이 열리는 일이 잦아지고 있다. 조커가 삭모실 문 앞에 서서 돌아가지 않는다. 손가락에 감았던 붕대를 풀었다. 조커의 검지 끝마디는 결국 찾지 못했다. 손가락은 아물었지만, 손가락을 잃은 마음은 아물지 못했는지 그의 표정은 생기를 잃었다. 면도를 끝낸 후에도 돌아가지 않고 내 주위를 맴돈다. 어쩌면 오늘 밤 조커에게 특별한 선물을 할 수 있을지도 모른다.

약품 창고로 가는 복도는 고요하다. 심장 소리가 발소리만큼 크게 들린다. 조커에게 내가 구할 수 있는 가장 좋은 알코올을 선물해야 한다. 소독용으로 반입된 것 중에는 용도와 다른 것들이 섞여 있다. 언젠가 삭모실 문을 닫을 즈음, 다음 날 필요한 소독약과 항생제, 연고 약품을 가지러 갔을 때였다. 헬퍼가 창고 바닥에 널브러져 있었다. 붉은 제복은 벗겨져 있었고, b18 역시 하얀 얼굴이 피투성이가 되어 있었다. 헬퍼에게서 알코올 냄새가 났고, 연분홍의 음료를 담은 글라스가 바닥에 나뒹굴고 있었다. 비상 버튼을 누르는 대신 놈을 일으켜 세워 거즈로 얼굴을 닦고, 알코올로 씻어냈다. 옳은 선택이었다.

조커는 오늘따라 다정하다.

—넌 날 떠나지 마라.

조커가 내 어깨에 손을 얹고 내 두건을 벗긴다. 왼쪽 손은 늘 주먹을 쥐고 있다. 조커의 검지 가장자리가 허전하다. 나는 조커의 주먹을 두 손으로 녹일 것처럼 감싸 쥔다. 천천히 조커의 두 손을 펴고 남아 있는 네 손가락을 오랫동안 만져본다. 한동안 자신을 괴롭혔던 통증이 사라진 듯 편안한 얼굴로 나를 응시한다.

—날 기억해주겠니?

나는 고개를 끄덕인다.

—보기보다 영리하구나.

복숭아 향을 첨가한 에탄올은 샴페인처럼 거품을 만든다. 가끔 눈을 감고 그것의 냄새를 맡는다. 오감을 자극하는 냄새다. 조커는 내 배에 얼굴을 파묻고 울기 시작한다. 그의 한쪽 손에는 여전히 곤봉이 있다. 내가 내민 잔을 들여다본다. 엷은 갈색의 투명한 액체에서 약간의 단맛이 올라온다. 그는 후각을 자극하는 알코올의 냄새를 맡으며 신께 기도한다.

―넌 신에게 기도하지 않니?

나는 고개를 끄덕인다. 그는 투명한 글라스에 담긴 액체를 단숨에 들이켠다. 창백하여 차가워 보였던 그의 얼굴이 불그스름하게 달아오른다. 내가 마시려 준비한 잔을 그는 냉큼 채간다. 회색의 차가운 눈동자도 흐려지면서 커다란 입매가 풀리며, 검은 동굴이 드러난다. 그제야 제 상처를 바로 볼 용기가 생겼다는 듯 조커는 왼손을 눈앞에 펴 보인다. 내가 제 손을 바라본다는 것을 알고 내 뺨을 후려친다. 그 타격감에 스스로 만족스러운 듯 잠이 든다. 잠든 그의 얼굴은 고요하다. 미래를 모른다는 것이 얼마나 행운인가.

나는 검은 복도를 지나 56호로 돌아온다. 조용히 문을 닫자 기다렸다는 듯 어둠 속에서 누군가 나를 감싸 안는다. 한 손이 등을 두드려주고, 다른 손이 내 손을 잡아준다. 나는 그들에게 카드키를 넘겨준다.

다음 날 아침 사이렌이 울린다. 방화벽이 열리고 트럭이 달려와 스키드마크를 내며 광장 한가운데 선다. 흰 제복이 광장 한가운데에 벌거벗은 채 잠에 빠져 있는 조커에게 전기봉을 갖다 댄다. 조커의 몸은 놈과 다르지 않다. 충격과 함께 잠에서 깨어난 조커는 곤봉을 찾기 위해 바닥을 더듬거린다. 또

한 번의 전기봉이 불꽃을 뿜는다. 그는 정신을 잃는다. 트럭은 조커를 태우고 방화벽 너머로 사라진다. 방주의 굴뚝에 연기가 짙게 피어오른다. 모두들 알고 있지만 아무도 이야기하지 않는다. 자신에게 무슨 일이 닥쳤는지 몰라 그때까지 어리둥절해 있던 조커의 얼굴에 대해서도. 입이 귀에까지 찢어진 낙서에 대해서도, 그 옆에 흐리게 찍힌 붉은 손자국에 대해서도. 그 손가락 중 하나가 다른 손가락에 비해 짧은 것에 대해서도.

*

방주 안이 술렁인다. 오늘은 어느 날보다 바쁘다. 새로운 놉이 입소하는 날이다. 약장 문을 연다. 알코올과 소염제, 오일 등이 필요한 양보다 훨씬 부족하다. 소독약과 면도용 날도 더 필요하다. 약품 창고로 가다 발을 멈춘다. 광장을 향해 오던 트럭이 소리 없이 멈춘다. 한 달에 한 번씩 같은 풍경이 벌어진다. 비슷한 풍경이지만 낯설다. 트럭에서 내려 헬퍼의 곤봉에 맞춰 일렬로 선 놉들은 이제껏 보던 놉과 다르다. 굴뚝으로 사라진 누군가를 떠올린다. 몸 굵기는 제각각이지만 골격이 커서 자루 같은 옷이 몸에 달라붙고 무릎 위로 올라가 있다. 얼굴 윤곽도 인중에 거뭇한 수염을 가진 a28과 비슷하다.

오전 내내 새로 들어온 놉의 털을 수거한다. 이마에서 땀이 흐른다. 뻣뻣한 털로 인해 칼은 금세 무디어진다. 무두질 된 가죽에 칼을 문지른다. 칼 가는 가죽 역시 너덜거린다. 삭모가 끝나기만을 기다리는 붉은 제복은 징이 박힌 부츠 뒤꿈치로 바닥을 신경질적으로 두드린다. 여분의 칼이 동이 날 즈음 작업은 끝이 난다. 마지막으로 소독약을 분사한다. 매캐한 약 냄새가 방주 안을 채운다. 헬퍼를 따라가던 놉 하나가 비틀거리다 바닥에 주저앉는다. 헬퍼는 놉의 정수리를 내리친다. 놉은 두 손을 결박당한 채 방화벽 너머로 사라진다. 소독약 냄새가 지독하게 흘러나온다. 모든 것을 녹여버릴 수 있을 듯한 강력한 냄새다.

방화벽 너머에서 들려오는 비명은 날이 갈수록 커진다. 방화벽이 열릴 때마다 우리는 어깨를 움츠리고 숨소리를 죽인다. 팽팽한 긴장이 흐르던 방주에 사이렌 소리가 길게 울린다. 그 소리는 평소와 달리 방화벽 너머에서 난다. 쇠붙이가 철판에 부딪혀 나는 날카로운 소리가 불협화음처럼 끼어든다. 칼을 쥔 손을 허공에 든 채 귀를 세운다. 단속적인 경고음이 사이렌 사이로 끼어든다. 거대한 괴수의 이빨이 서로 부딪치는 소리가 이어진다. 방화벽이 열리는 소리다. 뼈와 뼈가 부딪혀 갈리고, 쇠와 쇠가 부딪쳐 불꽃이 튈 것 같다.

붉은 제복이 방화벽 쪽으로 달려간다. 그곳은 헬퍼들에게도 금지구역이다. 공포심으로 무장한 헬퍼들 뒤로 메이드들이 달려간다. 감시의 통제에서 풀려난 놉은 호기심을 이기지 못하고 메이드의 뒤를 쫓아 방화벽 쪽으로 내달린다. 복도에 세워놓은 카트 위에서 약병이 떨어진다. 파열음과 함께 파편이 튀지만, 누구 하나 돌아보지 않는다.

　나는 광장을 지나다 두 갈래 길 사이에서 멀리 보이는 엘리베이터에 눈을 빼앗긴다. 금지구역이다. 펜트하우스로 간다는 무개차가 지나가는 길이다. 아무도 가지 않는 왼쪽 길로 들어서서 천천히 노란 프랙털 무늬의 복도를 걸어가 엘리베이터 앞에 선다. 무개차를 타고 떠난 놉이 마지막으로 머물렀던 곳이다. 화려한 꽃과 나무가 섬세하게 조각되어 있다. 오른쪽에 있는 황금색 버튼을 누른다. 문이 열린다. 엘리베이터라고 생각했던 문이 열리고 검은 복도가 나타난다. 천천히 희미한 빛에 의지해 걸어간다. 십 미터쯤 걸어갔을 때 복도는 끝이 난다. 또 다른 문이 기다리고 있다. 걸음을 멈춘다. 문사이로 스며든 희미한 불빛이 칼날에 반사된다. 손에 쥔 칼에 힘이 들어간다. 문을 열려고 손을 뻗었을 때 b18이 떠오른다. 무엇으로 재생되었을지 모르는 b18의 하얀 얼굴이 검은 물고기처럼 선명하게 지나간다. 잠시 멈춘 사이 스피커에서 다급한 목소리가 흘러나온다.

　―방주는 인류의 희망, 놉의 봉사는 세상을 존속시키는 힘, 미래의 희망, 방주는 인류의 희망, 놉의 봉사는……

　광장의 스크린에서는 지금도 초록의 잔디와 미풍에 흔들리는 하얀 데이지와 풀씨가 하늘로 날아가고 있을 것이다. 어쩌면 이 순간을 위해 칼끝은 그 긴 시간을 기다렸는지도 모른다. 고통의 시간만큼 벼린 칼날이 허공을 향해 치켜 올라가야 하는 순간이다. 봄의 제단에서 내려와야 할 시간이다.

윤리적 주체와 카이로스 시간

이덕화(소설가 · 문학평론가)

지난해 MZ세대의 정규직 비율은 2020년 70.2퍼센트보다 67.7퍼센트로 2.5퍼센트 더 줄었다. 게다가 지난 삼 년간 신종 코로나바이러스 감염증과 싸우면서 침체하는 경기를 붙들기 위해 정부가 시중에 풀었던 돈은 인플레이션과 부동산 폭등을 불러왔다. 이들 세대가 안정적인 주거지를 마련하기는 전 세대보다 요원해진 셈이다.

김민주의 『언더고잉』에 나오는 작중 인물들은 대체로 삼십대 후반이다. MZ세대를 19세에서 28세대의 연령까지 친다면, MZ세대를 한참 지난 연령이다. 그렇다면 취업으로 성공했거나 아예 취업 전선에서 밀어졌거나, 그렇게 나뉘는 세대이다. 정규직에 진입한 사람이 아니면 취업으로 아직 방향을 잡지 못했거나 삶의 질이 떨어지는 환경에 놓여 있는 인물들이다. 이 소설집의 서사는 정규직에서 밀려난 사람들의 이야기이다. 그들은 끊임없이 이력서를 쓴다. 생존을 보장받기 위해 대부분이 기피하는 직장까지도 거절할 수 없는 인물들이다. 더군다나 그들은 부모에 의지하지 않고 독립적으로 살아가고자 악전고투하는 인물들이다. 또 어떤 부당함이든지 과감히 뿌리치고, 타자의 삶을 배려하고자 하는 인물들이다. 자신의 생존조차 어찌할 수 없지만 불쌍한 길고양이들을 돕고 사회적으로 정당한 일을 하는 사람들에게 박수를 보내는 주체적 인물들이다.

그들은 그런 열악한 작업 환경 속에서도 자신을 잃지 않으려고 노력하는 윤리적 주체이다. 스쳐 지나가는 시간이 아니라 매 순간 생생한 살아 있는 체험을 몸에 각인하려는 카이로스의 시간을 살고 있는 인물들이다. 생생이 살아 있는 체험은 타자와 더불어 살 때 더욱더 시너지 효과가 난다. 문체 속, 자연에 대한 생생한 묘사는 카이로스의 시간, 살아 있는 생명력을 느끼기 위한 들숨과 날숨이다. 문체를 통한 자연을 향한 들숨과 날숨, 타자들과의 연대 의식은 삶에 대한 긍정적 에너지로 우리 삶을 풍부하게 한다.

감당하기 어렵고 힘든 일상 속에서도 자신을 잃지 않으려는 인물들의 윤리적 주체로서의 종횡무진함은 한 개인의 삶을 만들어내는 에너지이면서 저력이다. 이 소설집의 작품에서 느끼는 활기는 윤리적 주체로 살아가기 위해서 현실을 그대로 수용할 수 없는 인물들이 만들어내는 세상과의 긴장감이다.

1. 모멸감과 삶 정치

인간은 목숨을 부지하는 것 이상의 그 무엇을 원하는데, 바로 존재감이다. 자신의 가치를 스스로 인정하고 타인을 통해 확인하면서 살아 있음을 느낀다. 존재 가치를 느끼는 것은 우선 타인과의 관계를 통해서이다. 먹고살기 위해서 해야 하는 당위적인 일부터, 권력에 의한 지배력의 확대와 재력의 확보 등 속물적인 과시까지 그 바탕에는 자존감에 대한 추구가 깔려 있다. 이런 것은 살아가는 데 가장 필요한, 생명을 유지하기 위한 에너지를 제공한다. 이것은 '나는 누구인가'부터, 우리는 어떻게 상호작용하는가 등까지 모두 사회적이고 정치적인 생산을 통해 창출된다. 이는 비물질적인 소통, 협력, 그리고 정동적 관계에 기초를 두는 네트워크들의 사회적 형태를 띠고 있다.

표제작 「언더고잉」의 세 인물인 작중화자, 지유, 링고는 각자 나름대로 가족, 혹은 학교, 사회로부터 받은 모멸감 속에서 살아온 인물들이다. 작중화자는 함바집을 하며 힘들게 살아가는 어머니로부터 한 번도 칭찬을 들을 적이 없다. 언니는 죽은 인물임에도 엄마의 머릿속에는 언니밖에 없다. 화자인 '나'는 언니 대신 칭찬을 받고 엄마로부터 인정을 받고 싶은 것이다. 백일장 금상을 받은 날에도 엄마에게 전화, 칭찬을 듣고 싶었지만 욕설만 돌아왔다. 어머니로부터 받은 모멸감은 자존감을 떨어뜨리며 삶의 방향을 상실하게 한다.

「라임 나무가 되어」의 초점화자가 근무하는 서울의 구시가지 역에서는 거친 말과 고성 외에는 공격 아이템이 없는 사람들로 가득하다. 그들이 시비를 따지고 싶은 것은, 왜 백 원짜리가 두 개 더 나와야 하는데 안 나오느냐가 아니라 내 인생이 이렇게 꼬여만 가는데 이 기계마저 나를 비웃는 것 같냐고, 너희들까지 나를 무시하냐고, 다른 사람들은 희희낙락 잘 사는데 왜 내 인생만 이렇게 꼬이느냐고 트집 잡고 싶은 것이다. 갑자기 전동차에 뛰어들어 자살하는 사람들, 승강장 터널에서 나는 연기를 보고도 상부의 명령에 따라 어쩔 수 없이 진입, 나중에 업무 과실치사로 억울하게 희생당할 수밖에 없었던 기관사 등, 익명의 시스템을 통해 일방적으로 하달되는 작업 지시 앞에 인격의 비하, 삶 전체가 휘둘린 정도의 위기감 속에서 크고 작은 모멸감을 느끼며 사는 인물들이다.

「벌레의 시간」의 초점화자 역시 살아남기 위해서 목숨의 일부를 바쳐서라도 직장을 구해야 한다. 상대 회사의 갑질에서 벗어나기 위해, 맘 편히 발 뻗고 누울 방 한 칸을 위해, 타인에게 무시당하지 않기 위해, 가난의 비교 대상이 되지 않기 위해 벌레의 시간을 견딘다. 인간으로서의 최소한의 권리가 지켜지지 않는 곳에서 인격이나 배려, 존중 같은 가치는 사치이다. 가난은 명백한 죄라고 하는 투자 광고를 보라. 생명과 돈이 저울질 되고, 돈은 무소불위가 되었다. 신문에서는 연일 노동자의 죽음을 떠들지만 세상은 변하지 않는다. 돈 대신 시간이 지불되고, 욕망과 정열, 이성과 감성을 마비시키고, 인생을, 큰 그림을 그릴 수 있는 통찰력을 마비시키는 사회이다.

이러한 모멸감은 개인적 차원에 머무르지 않고 거대한 구조와 맞물려 서로를 재생산한다. 이것은 일상을 빚으면서 역사를 구성한다. 오직 자기 자신이 되어야 한다는 명제는 먹고 살아야 한다는 명제로 바뀌면서 노동하는 동물로서 자기 자신을 착취한다. 자발적인 가해자인 동시에 피해자이다. 이러한 자기 관계적 상태는 어떤 역설적 자유, 자체 내에 존재하는 먹고살아야 한다는 강박적인 강제 구조로 인해 폭력으로 돌변하는 자유를 낳는다. 후기 자본주의의 성과 주체의 심리적 질병은 역설적 자유의 병리적 표출이다.

후드가 허리를 굽혀 내 눈을 바라보다, 주먹으로 테이블 모서리를 꾹 누른다. 기우뚱해진 테이블 탓에, 머그잔이 미끄러진다. 심장 박동이 빨라진다.

"또 시작이냐, 누가 쟤한테 술 먹였냐? 아, 씨발."

누군가 소리친다. 후드는 뒤돌아본다.

"나 건드리지 마라. 지금 폭발 직전이다."

검정 후드는 입바람으로 앞머리를 날리고 아랫입술을 꽉 문다.

"좀 봐주세요. 얘가 실직한데다 또 소송에도 지고…… 그래서 흥분했나 봅니다."

검정 후드는 블레이저의 손을 뿌리치고 테이블을 밀치고 성큼 성큼 밖으로 나간다. 그의 허벅지에 부딪힌 테이블이 다시 바닥을 긁는 소리를 낸다. 커피가 다시 출렁인다. 나는 그의 뒤통수에 대고 소리친다. 야, 이 새끼야, 너만 힘드냐? 나한테 왜 지랄이야. 이 벌레 같은 새끼야. 왈왈왈왈, 컹컹컹컹. 내 안에서 나온 소리에 놀라 눈을 크게 뜨고 입을 막는다. 귀가 먹먹해온다. 사방은 고요하다.(「벌레의 시간」, 91~92쪽)

위 인용문 속 검정 후드의 폭력은 후기 산업 사회, 성과 사회의 병리학적 우울 현상 중의 하나이다. 우울증은 성과 주체가 더 이상 아무것도 할 수 없을 때 발발한다. 검정 후드는 실직에 소송마저 지고, 현실적으로 어떤 것도 할 수 없는 상태에 있는 인물이다. 일과 능력 한계에 의한 피로로 우울증이 폭력화한 것이다. 아무것도 가능하지 않다는 우울한 개인의 한탄은 아무것도 불가능하지 않다고 믿는 사회에서만 가능하다.

이 작품의 초점화자는 한 달 월세와 식비를 해결해준다면 자신의 능력과 자신의 시간을 기꺼이 대여할 준비가 되어 있는, 생존을 위해 벌레의 시간을 살기로 작정한 인물이다. 공부에 모든 것을 걸었던 과거의 정체성을 잃어버린 자의 부작용으로 시시각각 이명과 기면증에 시달리는 인물이다. 검정 후드의 우울증으로 인한 폭력은 이명과 기면증에 시달리는 자신과 동일시된다. 우울증으로 더 이상 어찌할 수 없다는 의식은 파괴적 자책과 자학으로 나오는 것이다. 검정 후드나 초점화자는 둘 다 자기 자신과 전쟁 상태에 있다. 둘 다 내면화된 전쟁에서의 부상자들이다.

「언더고잉」의 인물 지유 역시 학교에서의 왕따 경험으로 학교 생활보다 특정 가수의 팬으로 열광하는 데 더 치중한다. 지유의 극성에 '나' 역시 가담, 장애인인 링고를 만나게 된다. '나'의 어머니로부터 받은 모멸감은 팬덤에 가담하면서 새로운 삶의 활력소가 된다. 이전의 엄마로부터 언니와 비교되던 대상으로서의 자신이 아니라 '내가 나로 인정받는 기분', 자신의 존재감으로 충만한 시간을 특정 가수 팬으로 활동하며 느낀다. 지유는 그동안 어머니로부터 인정받으려는 수동적인 인간에서 능동적인 인간으로 다시 태어난다. 장애인인 링고를 적극적으로 돕고 팬들과의 연대감을 가진다.

일사불란한 목소리와 한 사람을 향한 애정과 열기를 가득 담은 떼창은 생각지도 못한 카타르시스를 동반했다. 한꺼번에 같은 음을, 같은 톤으로, 같은 리듬으로 내는 소리에 온 우주의 힘이 피뢰침 끝에 모인 것 같은 응집력을 만들어냈다. 긴장과 전율이 온몸을 관통했다. 살아 있다는 것이 이런 건가. 지유와 링고가 얻고자 했던 것이 그것이었을까.

K가 무대 위에서 눈물을 흘렸다. 내 눈에서도 같이 눈물이 흘렀다. 그가 복귀하기까지 거쳐야 했던 어두운 터널과, 내가 맞닥뜨리고 있는 어둡고 긴 현실이 오버랩되었다. 눈물의 의미는 달랐겠지만, 가슴속에 뭉친 것들이 풀려나오는 것을 느낄 수 있었다.(「언더고잉」, 25쪽)

위의 인용문에서 보여주는 것은 삶의 충만감으로 인한 연대 의식이다. 자신을 자신으로 '인정받은 기분'은 타인에 대한 연민으로 확대되며 연대 의식으로, 새로운 힘을 창출하는 에너지로 드러난다. 누군가와 함께한다는 참여나 연대 의식이 카타르시스와 함께 안정감을 주고, 인정욕구가 충족됨을 작중 인물들은 느낀다. 작품은 이런 충족감과 함께 새로운 권력 집단을 만나는 아이러니를 보여준다.

팬덤은 소통, 협력, 그리고 정서적 관계에 기초를 둔 네트워크이다. 특히 가수 K를 위한 네트워크이다. 즉 모든 아이디어와 정서적 반응이 K를 향해 있다. K에 반하는 행동과 언사는 금지된다. 여기에서 강렬한 형태의 모독과 소외를 경험한다. 여기서 삶 권력의 쟁탈권은 K에게만 있다. 이 작품에서 지유와 링고의 사건은 바로 이것을 보여준다.

삶 권력은 개인이나 집단의 죽음뿐만 아니라 인류 자체의 죽음을 직접적으로 지배하는 권력이다. 팬덤 현상에서 그 집단, 특히 자신들이 영웅화하는 인물에 해를 끼쳤다고 여길 때 나오는 다수의 무자비한 공격 같은 것이다. 중앙집권적 통제나 보편적 모델의 제공 없이 문제를 해결하는, 집합적이고 분산적인 해결 방식을 『다중』의 저자 안토니오 네그리는 떼지성으로 지칭한다. 즉 개미, 벌, 흰개미와 같은 사회적 동물들의 집합적 형태에서 보여지는 떼이다.

2. 자기 존엄과 그 회복

『언더고잉』의 작품들의 긴장미는 어려운 환경 속에서도 주위를 돌아보고 주체적으로 살아가고자 하는 윤리적 주체에 의해서 형성된다. 「언더고잉」의 '나'는 어머니에게 당한 갖은 구박으로부터 느낀 모멸감에 의해서 '사는 동안은 살아 있는 것처럼 살고 싶다'고 부르짖는 인물이 된다. 강물을 바라보며 자살까지 생각한다. 이런 의식은 팬덤에 가입하면서 자신이 살아 있다는 생동감과 함께 삶의 파이를 확대하게 된다. 살아 있다는 충족된 정서는 육체적으로 능동적인 에너지를 줌으로써 삶의 활력을 얻게 된다. 이런 정서 속에서 자신에 대한 존충감은 타인에 대한 연대의식으로 확대된다.

　내 기쁨, 나의 의미, 나의 삶, 나의 존재 이유가 모두 그에게 있었다. 광고에서라도 K를 만나는 날이면 흔들리는 버스도 놀이동산의 범퍼카처럼 흥겨웠고, 잔소리하는 편의점 사장도 용서하기 쉬웠다. 편의점 안 CCTV도 내 슈스의 따스한 눈 같아서 그 앞에서 춤을 추었으며, 창조주의 잔소리도 전위음악의 불협화음이라 여기고 넘길 수 있었다.(「언더고잉」, 30쪽)

　위의 인용문처럼 기쁨의 충만함은 바로 자신의 '존재 이유', 존엄성을 찾은 기쁨이다. 가장 불행한 순간을 최면제처럼 잊게 한 카이로스의 시간이었고, 열일곱 살, 열여덟 살에 그토록 사랑하고 싶었던 사람은 K가 아니라 바로 자신이었음을 새롭게 인식한다.

　스피노자는 『에티카』에서 자연에 존재하는 모든 것은 존재하는 그대로 완전성을 부여받는다고 했다. 내일 완전해지는 것도 아니고, 어제 완전했던 것도 아니다. 지금 이 순간, 그리고 매 순간 존재하는 모든 것들은 신의 표현으로 나타난다고 했다. 위의 인용문처럼 그동안 느껴왔던 모멸감의 세계로부터 탈피하여, 순간순간 살아 있음의 충만함을 느끼는 기쁨의 정서로 채워진다. '나'는 카이로스의 이니셜을 딴 K와 함께하는 시간 속에서 순간의 완전성을 경험하게 된다. 장애가 있든 없든, 곤충이든 인간이든 그 어느 것을 가리지 않고 만물은 완전하다.

이런 순간의 완전성을 재현하는 인물로 「버터플라이 허그」의 초점화자 경주를 들 수 있다. 경주는 교통사고로 부모님은 죽고, 자신은 내장 파열로 수술 후 코마 상태에서 깨어나 척추 수술을 했지만 걸을 수 없어 휠체어를 타고 다닌다. 대학원에서 휴먼 융합 전공 후 가상현실 제작 기술회사에 취업, VR 엔지니어로서 재활 치료 게임 제작자가 되었다. 장애인으로서 할 수 있는 최고의 직업이다. 방에 떨어진 조그마한 물건 하나 줍는데도 죽을힘을 다해야 가능하지만 순간순간을 살아 있는 듯 살고 있다.

서핑을 갔다 죽은 사촌 미루의 사고로 우울증을 앓고 있는 고모 수정을 치료하기 위해 가상현실에서 미루와의 만남을 시도한다. VR 기계나 헤드셋에 익숙하지 않은 고모 수정을 가상현실에 접합시키는 힘든 작업을 한다. 또 병원에 입원해 있는 치매 환자, 말이 어눌한 환자들 역시 가상현실과 접합, 다양한 도전을 시도한다. 기계에만 의존하지 않고 버터플라이 허그를 통해 신체적 접촉으로 마음과 마음을 연결, 서로의 체온을 느낄 수 있게 마음의 치유까지 시도한다. 수정이 미루를 만나고 싶어 하는 절실한 마음이 결국 깊은 바닷속을 향하고, 미루가 죽은 곳에서 만나게 된다. 이 작품에서는 다양한 사고로 육체적으로나 심리적으로 상처를 받은 사람을 가상현실과 VR 기계 조작으로 치유를 시도할 뿐만 아니라, 장애인들 간의 연대 의식에 의해서 한 사람 한 사람의 존재력을 키워나간다. 경주는 비록 하반신 마비로 휠체어를 타고 다니고, 무엇을 하든 죽을힘을 다해야 하지만, 다양한 환자들의 치유를 위해 가상현실에서 최선의 노력을 통해 고통 속에서도 생생히 살아 있고자 하는 인물이다. 여기서 스피노자가 말한, 인간은 현재 그대로 완전성을 가진다는 명제가 성립된다. 최선의 노력을 통해 살아 있는 자신을 생생하게 체험하는 것, 그것이 바로 존재의 완전성이다.

「라임 나무가 되어」에서 초점화자 초희나 동생 종희가 힘든 노동을 감당할 수 있는 것도 두 사람이 함께 자연과의 일체를 통해 자신과 대면하는 시간을 갖기 때문이다. 일을 쉬는 날에는 요가를 하고 독립영화관에서 영화를 보고, 빵을 만들고, 라임 차를 마시며 자신을 응시하는 시간을 통해 건강한 의식을 가지게 된다. 또 엄마와 동생과 함께하는 따뜻한 시간을 통해 가족애를 가진다. 가족 간에 나누는 따뜻한 사랑은 삶을 긍정적으로 받아들이는 토대가 된다.

그래도 힘든 일만 있는 건 아냐. 한편으로는 그 시간이 오기를 기다리기도 해. 세상에 오롯이 내가 당당히 세계와 맞서고 있다는 느낌이 있거든. 성취욕이라고 해야 할지, 자긍심이라고 해야 할지, 그런 느낌도 있어. 어둠을 뚫고 나왔을 때의 환희 같은.(「라

임 나무가 되어」, 59쪽)

초희가 위의 인용문처럼 노동에 대한 건강한 의식을 소유할 수 있는 것도 자신에 대한 사랑이 모든 삶에 영향을 미치기 때문이다. 이런 시간을 통해 결국 튼튼한 나무뿌리가 땅속 깊이 뿌리를 내리듯 삶의 뿌리를 튼튼히 내릴 수 있는 기반이 마련된다. 결국 따로 천국이 있는 것이 아니고 '살아 있는 이 순간을, 지금 서 있는 자리를 천국으로 만들 수 있을 뿐이라'고 외친다.

3. 타자에 대한 윤리적 책임

『언더고잉』의 인물들은 자신의 삶을 책임지기 위해 주체적인 노력을 하는 인물들이다. 홀로서기를 하면서 겪은 고난을 통해 자신의 존엄성을 지키려는 노력은 타자를 이해하고 타자의 고통을 자신의 고통과 동일시한다. 타자의 삶을 자신의 입장에서 이해, 연민의 감정으로 타자를 바라보고 대속적 책임을 지려는 윤리적 주체이다.[1]

---

1 레비나스는 이런 인물을 윤리적 주체로 호명한다(강영안, 『타인의 얼굴』, 문학과지성사, 2005 참고).

철학자 레비나스는 참다운 나의 정체성은 책임성에서부터 생긴다고 했다. 자기 인식 안에 내가 일인자로 자리 잡는 것, 아니 다른 사람을 향한 책임성으로 자신을 자리에서 끌어내리는 것 속에서 참다운 내가 선다고 했다. 책임성은 내게 부여되고 인간적으로 내가 거절할 수 없다. 내가 타자를 통합시키거나 자기화하는 것이 아니라 타자를 향하여 자기 자신을 열어젖히고 헌신하는 것이다.

『언더고잉』의 인물들은 타자를 향해 활짝 열린 인물들이 대부분이다. 「특별한 만찬」의 '나'는 결혼할 남자의 동생이 도박 관련 사기죄로 수감 생활을 하고 있다는 사실을 속이고 결혼하려고 했다는 것으로 결혼을 취소, 포기한 인물이다. 한편으로 '나'는 집 주위의 길고양이에게도 세심한 관심을 가지는 인물이다. 자신의 불투명한 미래를 버려진 길고양이의 불투명한 미래와 동일시하는 비관적인 인물이다.

그러나 '나'는 어느 한때의 따뜻한 연대를 기억으로 끌어올리며 새로운 삶을 꿈꾼다. '나'는 용 선생과 함께한 취재에서 만난, 단식 투쟁을 하느라 고양이처럼 말랐던 여성 노동자의 작은 축제와도 같은 식사를 생각한다. 최소한 한 달 안팎을 물과 소금과 효소로 견딘 길고양이 같던 여자 노동자의 몸은 사십 킬로그램도 안 되어 보였다. 단식 투쟁하는 노동자나 용 선생을 옳다고 생각하는 것은 굽힐 수 없을 만큼 때가 덜 묻은 사람이 아닐까 생각되기 때문이다.

그들은 우리가 생각하는 것 이상으로 한 몸, 한마음, 한 영혼이 었다. 그래서인지 먹여주고 먹임을 받는 행위가 이방인의 눈에는 더 특별하게 보였다. 먹임을 받는 행위와 먹임을 주는 행위는, 고 난의 시간을 무사히 건너왔다는 표시였다. 그런 동료에게 줄 수 있는 가장 절실한 고마움의 표시가 바로 먹여주는 것이 아닐까, 이해되었다. 세상을 향해 입을 앙다물고 거부하던 농성에서 풀려 났을 때 가장 먼저 해줄 수 있는 것은 그 닫혔던 문, 이제야 열린 문 안으로 무엇인가 넣어주는 행위일 것이다. 그때 그들 옆에 있 는 것만으로도 마음이 뜨거워졌고, 모처럼 살아 있는 것같이, 가 슴이 뛰었다. 죽음 가까이 갈수록 점점 더 힘차게 뛰는 심장으로 인해 살아 있음을 온몸으로 느낄 수 있을 것이었다.(「특별한 만 찬」, 142쪽)

'나'가 이렇게 회상하는 것은 지금 결혼 문제로 편치 않은 심사와 불투명한 미래 때문이다. 한때 대리 경험했던 한 몸, 한마음, 한 영혼이 되어 그들의 신념대로 옳다고 하는 것을 향해 투쟁하며 서로 위로를 통해 살아 있는 것처럼 살고 있는 그 당시의 투쟁자처럼 살고 싶은 '나'의 욕망의 투사이다.

「특별한 만찬」에서 지향하고 있는 서사의 방향, 살아 있는 것처럼 살고 싶은 작가의 의도, 타자와 함께하기, 뜻이 같은 사람끼리의 연대로 더 좋은 세상 만들기, 타자에게 다가가기는 소설집 『언더고잉』 전체 서사의 방향이기도 하다.

「화살이 누운 자리」에서는 딸과 사위를 잃고 손녀만 키우는 이장과 딸을 잃은 후 아내까지 떠나고 혼자 남은 '민수'가 이장 손녀를 자신의 잃은 아들처럼 돌보는 것을 통해 훼손되고 상처받은 두 가족의 연대를 전망하게 한다.

「날숨」의 결혼하기 전부터 우울증 약을 먹기 시작한 화자의 남편은 마약 중독과 별거, 수감 생활과 병동 생활을 한다. 헤어진 남편에게 아내 역할을 굳이 할 책임감은 없다. 그러나 남편의 마지막을 화자와의 행복한 연대감 속에서 죽음을 맞이하도록 아름답고 멋진 아내의 역할을 수행한다. 레비나스가 말한 대속은 「날숨」의 화자처럼 남편과의 '자리 바꿈 세움받음'의 수동적인 자세에서 남편의 책임 또는 죄책까지 자신이 대신 짊어지고 고통받음으로써 남편의 죄를 대신 속죄받는다는 것이다. 남편에 대한 화자의 책임은 '대속적 책임'[2]이다.

타자 윤리학에서 열망은 유한한 자아가 무한한 존재의 타자를 대하는 방법이다. 타자를 열망하는 태도는 타자를 자기 안으로 통합시키거나 자기화하는 작업이 아니라, 「특별한 만찬」의 화자처럼 길고양이나 힘겹게 투쟁하는 노동자를 향하여 자기 자신을 열어젖히고 헌신하는 것이다. 「날숨」의 화자처럼 스스로를 극복 못해 제 길을 찾지 못하는 남편을 향해

---

2 에마누엘 레비나스, 『시간과 타자』, 강영안 옮김, 문예출판사, 1996, 187쪽.

자신의 모든 것을 활짝 열어젖히고 끌어안는 것이다. 타자에 대한 열망과 초월은 자아의 열림, 개시, 내 집의 현관문을 열어주고 환영하는 것이다.

4. 규율 사회로부터 오는 현실에 대한 억압감

「봄의 제전」은 과중한 자아의 부담은 결국 사회 전체의 시스템에서 오는 억압감이라는 것을 메타포로 보여주고 있다. 소설은 규율 사회가 가지고 있는 배의 형상을 하고 있는 방주인 공장, 구호, 제복, 반복적인 노동, 통제구역, 방화벽 등으로 점철되어 있다. 이 작품에서 모든 인물은 제도의 규율 속에서 자유가 제한된 반복적인 노동을 하고 있는 괴물들이다. 그들은 복종적 주체이다. 그들은 죽음으로 향하는 부정적 존재이다. 또 완전한 고립과 고독 속에서 한 사람씩 사라진다. 이 세계에는 광합성도 식물도 없다. 인공적으로 합성된 것들이 모든 것을 대용한다. 심지어 채소, 과일까지 인공적으로 합성된 것을 대용품으로 사용한다. 압도적인 절망, 압도적인 죽음의 현존 앞에서 '봄의 제전'을 상징하는 초록의 잔디와 미풍에 흔들리는 하얀 데이지와 풀씨는 도리어 죽음의 세계가 지닌 부정성을 부각시킨다.

공장은 거대한 배의 형상을 하고 있다. 돛이 있을 만한 곳에 굴뚝이 솟아 있고, 선미와 고물의 끝에 타르타로스 형상이 지키고 서 있다. 노아의 방주처럼 이 배가 희망의 상징이 되리라고 했던 방주의 설계자는 이미 하데스 어느 곳에서 안식을 찾고 있을 것이다. 광장의 대형 스피커에서 불협화음의 리듬은 계속된다. 5박자, 7박자의 엇박자로 변칙적이고 기괴한 리듬이다. 음악이 끝나자, 목소리가 흘러나온다.

　—방주는 인류의 희망. 놉은 인류의 미래. 놉의 봉사는 세상을 존속시키는 힘.(「봄의 제전」, 206~207쪽)

위의 인용문에서 방주의 선미와 고물의 타르타로스 형상은 이 세계의 메타포이다. 타르타로스는 그리스 신화에 나오는 신으로 아이테르와 가이아 사이의 아들로 뒤에 어머니와 관계를 맺어 괴물 에키드나의 아버지가 된, 지하 암흑계의 가장 아래 있는 지옥에 있는 신이다. 또 이 방주의 설계자까지 하데스 어딘가에 뒹굴고 있는 죽음의 세계를 상징하고 있다. 또 광합성도 식물도 없으며 인공적인 것이 대신하는, 모든 생명이 사라진 세계이다. 스스로 '나'이기를 포기한 복종적 주체만이 살 수 있는 세계이다. 죽음 가운데 '봄의 제전'을 상징하는 푸른 풀밭, 따뜻한 공기, 진한 향기, 쏟아지는 햇살 등은 그저 희망 없는 상상의 세계에서만 존재하는 허무감만을 강화한다.

후기 자본주의 노동 사회에서 누구나 열심히 살아야 한다는 과도한 책임은 새로운 억압 사회의 피로를 가져온다. 과도한 책임은 사회의 원자화와 파편화로 인한 인간적 유대의 결핍으로 드러난다. 그러기 때문에 자신의 주체적인 윤리감이 필요하고 삶의 충만감이 요청된다. 충만감 속에서 카이로스의 시간이 주는 살아 있음의 체험은 확대되어 타자와의 연대를 가능하게 한다. 살아 있음의 체험을 타자와의 유대 속에서 가질 때 기쁨이 배가된다. 꿈을 잃은 세대의 서사, 『언더그잉』의 의미가 여기에 있다. 타자와의 연대 속에서 이루어지는 충만함은 꿈을 잃은 세대에게는 깊은 산골짜기로부터 흘러내리는 생수이다.

투명한 그림자에 불과해 발화하지 못한 언어가 실체를 가지고 세상에 나왔다. 삶과 언어 사이에 숨구멍이 있었다. 언어 중에서도 말이 아닌 글과 삶 사이에. 순식간에 지나가는 음성 언어가 아니라, 머무르고, 후비고, 파내어 더 선명하게 몸에 각인시키는 글 속에서 숨을 쉰다. 말이 글이 될 때 응집되었던 것이 분출했고 그것이 날숨으로 이어졌다. 날숨이 세상으로 나가자 들숨 또한 힘차게 들어왔다.

이야기를 짓고 싶은 게 아니라, 인생의 한 끄트머리라도 보고 싶었고, 내가 본 인생을 나누고 싶었다고 말한다면, 그 재수 없는 말의 진의를 조금은 전할 수 있을까. 운이 좋게도 글이 나를 거부하지 않았고, 나 역시 도망치지 않고 순종했다. 내 무능을 기꺼이 받아들이는 순간 나를 용서하고 이해하고 사랑할 수 있게 되었다. 덕분에 초라한 글도 수줍게 견딜 수 있었다. 무모함의 힘이 끌고 온 자리에 소박한 결과물이 남았다. 누군가에게 도움이 되고 위로가 되고 스스로를 용서하는 힘이 되기를 바란다.

내가 바라는 미래가 쉽게 가닿지 못하는 곳이어서 다행이다. 영원히 걸어갈 수밖에 없으므로. 흘러가는 시간 속에서 두려움 없이 한 발 또 나아가는 일이 세상을 위해 내가 할 수 있는 유일한 일이다. 세상에 태어나서 감사하고, 태어났는데 사람이어서 감사하고, 할 수 있는 일에 최선을 다하는 사람이어서 기쁘다. 그 결과물을 함께 나눌 수 있어서 더 기쁘다.

정교하게 계산된 아름다움이 아니라 원석의 투박함 같은 생명력을 사랑한다. 날것의 에너지는 두려움이란 것을 모른다. 아침의 햇살은 저녁이 올 것을 생각하지 않고 청초하다. 폭우가 사방을 캄캄하게 하고 세상을 뒤집어도 내일 해가 다시 떠오른다는 사실은 얼마나 위로가 되는가. 또 그런 세상에, 읽을 책이 남았다는 게 얼마나 다행한 일인지……

나의 새로운 몸이자 생명인 민과 욱과 별. 삶의 견고한 버팀목인 세 천사에게 고마움과 사랑을 전한다. 또 오랜 시간 함께하며 작가의 길을 묵묵히 이어오는 문, 소설의 주인공 초희의 영감을 준 차, 해설을 기꺼이 허락해주신 이덕화 선생님과 두번째 소설집 출간에 도움을 주신 강출판사에도 고마움을 전한다.

2023년 11월
헤테로토피아를 꿈꾸며
김민주

* 이 책의 일부를 예버덩 문학의 집과 토지문화관에서 집필했음을 밝힙니다.

수록 작품 발표 지면

언더고잉 _『오늘의 좋은 소설』 2023년 여름호

라임 나무가 되어 _『내일을 여는 작가』 2023년 여름호

벌레의 시간 _『작가포럼』 2022년 하반기호

버터플라이 허그 _『문학수첩』 2023년 상반기호

특별한 만찬 _『온라인미디어 예술활동 누리집』 2022년

화살이 누운 자리 _『한국소설』 2021년 9월호

날숨 _『실천문학』 2023년 여름호

봄의 제단 _『동리목월』 2023년 봄호